# 永不永不

亦舒

# 目錄


8 小說之道
10 秘密
12 變遷
14 怎麼說呢
16 息事寧人
18 耶穌愛我
20 歲數
22 早起
24 好酒好酒
26 剛開始
28 副刊版
30 少時之作
32 名牌症候
34 弄假成真
36 對白

38 手　法
40 你說的
42 電話訪問
44 權　術
46 客　棧
48 最後一次
50 有人歡喜
52 三大良伴
54 現代寫法
56 吃
58 美　服
60 涵　養
62 半自動
64 荼蘼架
66 回家了
68 人生觀
70 最高指示
72 墊　腳
74 妙　筆
76 胖　婦
78 人神合一
80 不喜歡
82 聽得出
84 本　票
86 教訓黛玉
88 不放心上
90 競　走

受歡迎 92
視人而定 94
可是沒有 96
出人頭地 98
圈外人 100
過去 102
明知故問 104
不會寫 106
玩玩玩 108
愛聽好話 110
細緻 112
疲倦 114
獅子搏兔 116
不可共處 118
沒有義務 120
有利可圖 122
標點 124
愉快 126
獨立 128
老 130
壞話 132
令天下 134
時代女性 136
地 138
榮辱不計 140
補蒼天 142
研究 144

146 跌眼鏡
148 五十年代
150 六十年代
152 真氣足
154 請下班
156 批評家
158 得不到
160 水滸紅樓
162 耳朵麻辣

164 定　力
166 皇帝新衣
168 口舌當心
170 新一代
172 五十年前
174 幸運人生
176 衣　食
178 懷才不遇
180 作者世界

182 The Lip
184 最佳對比
186 我之偶像
188 鳴　謝
190 你別管我
192 公眾尺度
194 誇　張
196 鬥　嘴
198 從　簡

200 營生
202 益人
204 ××牌
206 同情心
208 惡人
210 便服
212 極準
214 報喜
216 細膩
218 奧比斯
220 減價
222 扮別人
224 演藝
226 交代
228 異能
230 可是
232 不累
234 再見珍重

# 小說之道

楊振聲寫了一個中篇小說，叫《玉君》，那自序——

「若有人問玉君是真的，我的回答是沒有一個小說家說實話的。

「說實話的是歷史家，說假話的才是小說家。

「歷史家用的是記憶力，小說家用的是想像力。

「歷史家取的是科學態度，要忠實於客觀；小說家取的是藝術態度，要忠實於主觀。

「一言以蔽之，小說家也如藝術家，想把天然藝術化，就是要以他的理想與意志去補天然缺陷。」

很明顯，他極懂得遊戲的律例。

倘若你說：「這小說內若干若干情節根本不可能是真的。」那你不適合讀小說，小說統共不見真的，全部是謊言，你不是真相信紅孩兒的父親是一隻牛吧，還有，神行太保戴某一雙肉腿怎麼能夠日行八百里夜又行八百里，張君瑞果然在眾目睽睽之下勾引過崔鶯鶯，況且，神鵰有無可能把武功傳授給楊過？

一個本領高超的說故事人，自然有辦法唬得讀者一愣一愣，在該剎那以文字的魅力霸佔讀者的精魂一會兒，功德圓滿。

# 秘密

寫作，是最沒有業務秘密的一個行業。

辦公廳裏的文件，一般分普通、機密、絕密三種，要緊的會議記錄，生人勿近。

可是寫作人永遠坦蕩蕩，前輩的作品統統印成白紙黑字，要臨摹、學習、貫通、融會、斷章、取義、抄襲，都可以，汝安之，則為之。

看熟了，一定學得到路。

週刊甲是師祖，偶而翻閱週刊乙丙丁戊，嘩，全部是模仿品：封面學封面，版面學版面，編排學編排，文字學文字，全係甲週刊之複製品。

走先一步，往往要花上千百倍勁道，傷透腦筋，耗盡力氣。

創作，抑或複製，純屬私人意願。

本行最單純不過：怎麼樣寫稿？坐下來寫，怎麼樣叫稿費？漫天討價，成王敗寇。

全部所有，都公開呈現眾人眼前，歡迎批評比較指教。

文藝工作，因需群眾支持，實需某一種程度上的厚顏，所以一直說政府工最高貴，一不用牟利，二毋須任何人叫好，一落決策，直帶到底。

天淵之別。

# 變遷

曾見過驕縱頑皮到不堪的小孩，生父一旦去世，立刻沉默乖巧聽話起來，前後判若兩人。

旁觀者惻然，真是何苦來，從前那麼囂張，現時如此委屈。

小孩原不知中庸之道，可是有些大人也會受環境變遷而前倨後恭。

走紅的時候眼睛長在額角頭，落泊之後逢人打躬作揖，同不懂得控制情緒的孩子，是一個印子。

得意時恃着特權為所欲為，公然蔑視傳統律例，這倒還罷了，有風駛盡帽是本市最大特色，可是形勢一變，馬上收斂，乖得比一向守行為的人還要乖，那才值得感慨。

可見生活逼人，環境造人。

奇怪不奇怪，那麼大的聲音，原來可以收得那麼小，那麼矜貴的人，照樣可以如平常人般謙卑地生活。

當事人挺適應，改過自新，再世為人，旁觀者卻覺得涼颼颼。

馬上把這種現象當作醒世恆言，警惕自己，作風還是低調子的好。

# 怎麼說呢

有一套電視劇叫棄卒。

說故事的人一見劇名，立刻聯想多多。

這個棄字，如當動詞用，劇情一定精彩，俗云棄卒保帥，誰是帥，誰是卒，發生什麼大事，非要犧牲小卒才可保得住大帥，統統是懸疑。

還有，小卒會不會甘受上頭安排，束手待縛，抑或設法反抗，扭轉局勢……

棄也可當形容詞：被遺棄遺忘的小卒，曾經一度或許受過重視，現今已失去利用價值，淪落蹉跎潦倒，也可以是一齣好戲。

故事能夠分多角度説，你有你説，我有我説，一直頗為堅持，吸引在説故事的人，不是故事，説得動聽，即有聽眾，寫得動人，即有讀者。

各人説故事的態度不一樣，原則不一樣，語氣自然也不一樣。

講到底，宋慶齡傳不過是辛亥革命加一段愛情，但從何説起呢，怎麼樣説呢，資料全部在手頭上，可是怎麼樣落筆？

再想下去，無端端白了中年頭，快快顧左右言他，免傷元氣。

# 息事寧人

一位丈夫對親友說：「我無論什麼都讓她抓主意。」多可愛。

他的賢妻聞言笑瞇瞇轉頭過來答：「是的，親愛的，你拿定一切主張之後，無論什麼都讓我抓主意。」

算了。房子買在哪裏，買何種式樣，幾樓、多大，什麼價格，統統不用爭，爭了沒味道，誰愛做主，誰去做霸主，免傷和氣，總而言之，有瓦遮頭算數。

難得糊塗，息事寧人。

實在不願接受指教，亦可採陽奉陰違訣，是是是，對對對，一出門，立刻與老友狂歡作樂，大吃大喝，胡言亂語。

對方吼叫的時候，練成魂遊太虛的獨門功夫，一邊喃喃自語：警幻仙子在何處，可卿呢，還有，那多情的神瑛使者不知遊蕩到哪裏去了……

總而言之，耳朵自動關閉，等對方出淨一口烏氣，熄燈睡覺。

誰是誰非不重要，相處之道在虛與委蛇，悲觀？才不是，此乃任何人際關係長久之道，因水清無魚，人清無徒。

# 耶穌愛我

在香港生活，無論是哪一代，都算是幸福的人，捫心自問，真正何德何能，得享此繁榮安定。

作為新中年，過去的耕耘，也都到了收穫期，豐衣足食，無憂無慮，留或溜，悉聽尊便，只要身體健康，還有什麼煩惱。

小時候渴望的一切，泰半已經得到，即使沒有，也管它哩。

閒時約三兩知己，大吃大喝，大笑大講，不亦樂乎，夫復何求。

但是為什麼，為什麼每次聽到這首歌，便忍不住悲從中來，潸然淚下，這首歌，叫耶穌愛我，是主日學中孩子們所學第一首歌。

它的歌詞非常簡單，重複三次，主耶穌愛我，然後總結：聖經上告訴我。

為什麼。

是否堅強愉快不在乎的表面下，我們都有一顆徬徨寂寞淒清脆弱的心，被歌詞喚醒，不能自已？

平時偽裝得太好，不但瞞過旁人，亦欺騙自己，付出代價太高太多，以致忽然聽到有免費救恩，無條件的應允，感動到痛哭失聲。

# 歲數

某君十七歲開始創作小說……

同歲數有什麼關係呢，十七歲開始固然好，廿七歲亦未嘗不是適當寫作年齡，三十七歲思想更加成熟，生活經驗更加豐富，可寫的故事更多。

四十七歲的一支筆絕對不會再輕佻浮躁，以此類推，任何歲數都是寫作的好歲數，只要寫得好。

寫得不好，也就不必動輒揚言「我十七歲就有自己的專欄」或是「我從事寫作經已四分之一世紀」。

讀者哪裏管這些，十年人事幾番新，每隔五年，已有新一代讀者成長，同他們說陳年舊事，他們一頭霧水，不知如何給同情分才好。

過往的業績，無論多輝煌，不必再提，若不甘心，不肯罷休，好得很，請繼續努力。

一切從明天開始，重新計分。

最佳作品永遠是下一個，代表作還沒有寫出來呢。過往一切太令人汗顏，不說也罷。

學無前後，達者為師。

競選香港小姐，肯定受年齡限制，超齡免問。

從事文藝工作不受俗例所限，八十歲寫愛情小說能爭取到十八歲的讀者，更應得獎。

# 早起

越來越早起。

怕來不及做功課，還以為專職寫作，可以睡到日上三竿，先到淺水灣共好友吃個午餐，然後回到書房以每小時三四千字的速度做好一日工作，懶洋洋再找節目。

真是理想生活。

做夢都沒想到會來不及做，只得一雙手，只覺中文字的筆劃越來越多，字體越來越複雜，需時越來越久。

無論怎麼樣，一日的功課非要交出來不可，私事如何的忙，情緒如何的壞，身體垮下來，大抵都不可嫁禍編輯，叫他們共同負擔。

早起，吊兒郎當的時間比較多，寫起來有把握點。

目睹太陽升起太陽落山，彷彿一刻都沒有浪費，每日黃昏，完成一天工作，暫停休息，完全像上班一樣。

明天又有新的情節，新的發展。

許久許久沒有縱容情緒，想到另外一個方法，叫美麗任性、怪誕放肆的女主角去盡量犧牲吧，她還年輕，玩得起。

寫作人早睡早起，生活正常，壓抑無奈納悶，繼續說故事生涯。

上回說到……

# 好酒好酒

酒有什麼好？

忙足一整天，一百樣公事同一百樣私事有待處理，許多並不是憑一己力量可以解決，不得不歸入聽天由命論，心亂如麻，頭似要轟一聲炸開來。

老酒，老酒在哪裏。

來一杯威士忌加冰，喝兩大口，坐在沙發上，擱起雙腿，噫，十分鐘後，世界馬上改觀。

靈魂悠悠然出竅，經過時光隧道，去到求學時代，無名的小酒館中，看清楚自己，怎麼樣，無論如何，不會比彼時更徬徨無助孤獨吧。

精魂遊蕩過後，又回到現實，心情頓時鬆弛，讓明天處理明天好了，今日只能做這麼多。

只有酒具這個功能。

與其緊張不堪，惶惶然不可終日，不如略為貪杯。

獨飲最好，以免失態失言人前，喝得累了，上床睡它十二小時，第二天又是一條好漢。

不是不想運用意志力，意志力也要休息，不能繃太緊，怕它斷裂，會變神經衰弱。

本市壓力，全世界獨一無二，真要求助好酒，方年復一年。

# 剛開始

王子向平民女同學求婚，那少女說要考慮。

一想就想了超過兩年，評論家說，由此可知，在民主社會中，做王妃也並不是什麼求之不得的事。

女方家長也並不積極，只是說心情好比仰望遼闊夜空中滿天閃亮的星星。

年輕的時候總以為生活中比較艱難的一部份是奮鬥達到目的，出淨胸中一口烏氣。

其實不是這樣的，童話故事往往止於「從此他倆快樂地生活下去」，現實世界裏的人則明白始終要付出昂貴的代價。

得償心願之後掙扎才剛剛開始呢，無論是做事業或者是做王妃，如要愉快地生活下去，每一天都要努力。

寫作這樣的自由職業也得日日準時交稿。

所以慢慢考慮了，這台階上不上去，上去之後，怎麼樣表演，演多久，又如何下來，都要想一想。

今日成為英雄，明日呢，明年呢，三年後，五年後呢，民主社會、資本主義栽培出來的人心是多麼喜新忘舊，熱鬧一過，特別淒清。

洋人說的，誰一旦有了名聲，還得 live up to it，可能蠻辛苦。

# 副刊版

一向比較喜看沒有自己專欄的那張報紙。

毫無心理負擔，痛痛快快的瀏覽，誰誰誰在寫什麼什麼什麼，甲分明是在指桑罵槐，乙不服氣又含蓄地反攻，身為讀者，其味無窮，一於可以放心地會心微笑。

誰像似無甚進展，誰正在飛躍猛進，都可以作出比較客觀的評價。

目光一落在自己的專欄上，統共不是那麼一回事，吊心吊膽：怎麼會寫了這個題材，如何會說了這麼些不討好的話，別是越活越回去了，心情頓時委瑣下來。

所以訂有大量他報，作為生活享受，事不關己，己不勞心，純娛樂。除了讀文章，也看到變遷：噫，彼專欄斗轉星移，搬到別家去了，此專欄馬上漏夜趕場子，填充空白，什麼人續稿未到，誰又宣佈榮休，全部一目瞭然。

真正可以閉門家中坐，頗知本行事。

靜態如寫作，一樣亦牽涉到反覆的人事，複雜的環境，精明能幹的大作家有次都感到吃不消，因而發一兩句牢騷：「還怎麼用心寫作呢。」

可見不容易。

# 少時之作

魯迅在集外集的序裏這樣說：「聽講，中國的好作家大抵是『悔其少作』的，他在自定集子的時候，就將少年時代的作品盡量刪除，或者簡直全部燒掉。」

「我想，這大抵和現在的老成少年，看見他嬰兒時代出屁股，啣手指的照相一樣，自愧其幼稚，因而覺得有損他現在的尊嚴，假使可以隱蔽，總還是隱蔽的好。」

「但我對於自己的少作，愧則有之，悔則從來沒有過，出屁股啣手指的照相，當然惹人發笑，但自有嬰年的天真，決非少年以至老年所能有。」

「況且如果少時不作，到老也恐怕未必就能作，又怎麼還知道悔呢？」

他說他看到舊作，連他自己都詫異那時他的幼稚，「但是，有什麼法子呢，這的確是我的影像，由它去吧。」

一番話道出長期寫作人的心聲。

讀者們統統是有聰明有學識的成年人，寫作人一貫美麗的誤會是一執筆便低估讀者的智慧，以為他們需要督導、教育、培訓。

我也是標準讀者，一年讀幾百本書，不合意的，一經翻閱立即棄置，自小到今，劣書並沒有把我帶壞，讀者自有選擇。

# 名牌症候

香港人好不容易幾乎克服的名牌疫症，此刻正在北美小城流行。有些人一跑出來，簡直會叫觀者側頭微笑。開的車，穿的西裝，用的鋼筆、打火機，甚至乎腳一伸出來，襪子上都印着名牌標誌，渾身似廣告招牌。

非這樣沒有資格見香港客似的，真叫我們慚愧，是我們的緣故嗎，竟把這種過時風氣帶到異鄉樸素的小城，致令彼邦亦來一招先敬名牌後敬人。

六七十年代，本市鬧此疫症鬧得最厲害，像出麻疹，一生至少一次，此後免疫，漸漸都改過來，對於名牌，泰半能做到不卑不亢姿態，採取用家身份，而棄炫耀心態。

真沒想到它會在別處復活，而且有變本加厲之勢。

任何事都是這樣的，開頭總是氾濫膨脹得俗不可耐，漸漸沉澱，終於老練、平實，返璞歸真，踏入低調。

過來人看到名牌掛滿身引以為榮的初學者，不禁莞爾。

# 弄假成真

原著拍成電影，往往有無中生有弄假成真的感覺，原是抽象的人物，紙上談兵，忽然之間，由真人來扮演書中人，道盡書中說白，將故事中感情形象化，感覺奇妙。

導演抱怨寫作勝過拍戲，一支筆一疊紙，愛怎麼形容就怎麼形容，無所不至，亂蓋一頓，原著落在導演手中，許多情節受製作費用、人力物力所限制，不能照足演繹，便會受讀者觀眾揶揄：改得面目全非，何不自己寫。

讀者挑剔起來，不可理喻，先入為主，心目中早已內定誰誰誰該由誰來演，導演選角失敗，準得受冷嘲熱諷。

小龍女哪裏是這個模樣，這簡直似梅超風。導演氣極反辯：你見過小龍女，她是你鄰居？

不歡而散。

一些原作者不肯向導演提供意見，怕越提越亂，理想抱負人人都有，分明做不到，多說無益，只怕滅了志氣。

大家盡力而為罷了，你來寫得最好，他去拍得最妥，其中倘有距離，非戰之罪，各有各的艱難，彼此諒解。

# 對白

拍攝電影，但凡導演功力不夠，或是意圖偷工減料，說白便特別多：一男一女坐在客堂間，其味無窮地開始說起三十年前往事。

用對白帶過其實是很壞的一種交代情節方式。

應該去到現場，實地演出當年當日事，活生生，有佈景有劇情有人物。

小說也是這樣吧。

——「當年我母親遺棄了我，全靠我孤身作戰，獨力奮鬥，經過無數苦難，才掙扎到今天。」

已經可以寫十萬字，何必如此濃縮，三句話就交代了我的前半生。

也許對白只適合用來表達劇中人內心思想，可能不太適宜用作代替劇情發展。

不過寫起來大抵容易一點，不必理會時間空間，同一個地方，同樣的角色，絮絮不斷的說完整個故事算數。

說故事的人是作者，這個責任大概不可推給書中諸色人等。

劇中人與書中人是比較忙碌的好，叫他們活潑地到處走，別老坐那裏說。

# 手法

有的出版社喜歡做暢銷書榜，每週列出十大暢銷書，當然，一切都是比較性的，但其中也可以看到榮辱，誰誰誰第七版第八版，誰誰誰永遠只得一版。

一直與一家手法保守的出版社合作，一次負責人很困惑地問：「要不要把第幾版印在書面子上？」

考慮一會兒，回答說：「不用了，永遠只得一版好了。」

這間出版社絕對是本港三大之一，但所有作者的書上，從來不印第幾版。

該社的耐力、勁道，財力物力不見得輸給任何人，但工作氣氛一直比人家平和。

行內人都知道大抵不是每一本滯銷書都是壞書，或許也不是每一本暢銷書都是好書，得獎名著可能未必好看，無名氏作業亦有機會味道十足。

該銷的書自動會去，勞資雙方心中自有數目。

激進派出版商當然大大不以為然，沒有競爭，哪有進步？情願造成一面倒富者愈富現象，生意手法相當殘酷。

# 你說的

「張同李終於反目了。」

「趙同錢那件事是這樣的，一切源自……」

「問題終於解決了，孫同王不過是有點小誤會。」

誰說的？看報紙看回來的。

千萬別以為誰比誰的消息更靈通，並非是非，統統黑字白紙登在報章上，千萬讀者都看到。

有時當事人善忘，疑惑地問：「你怎麼知道？」

連忙答辯：「某年某月某日，閣下自己寫在專欄上。」

你不說，誰知道。

講過忘記，又怪旁人多事，造謠、生非，你說怪不怪，奇不奇，荒不荒謬，應不應該。

有時圖文並茂，艷女坐在那人膝頭上，過一兩日，那人卻嗔曰：「我家庭不和，唯你們是問，都是你們害的。」欲怪之罪，何患無詞，難怪文字獄一向盛行不衰。

新聞已經登在報上，如有不滿，乃可照法律途徑解決，不必怪市民茶餘飯後有所議論。

誰有空躲在誰的床底下去找私隱，還不是當事人忙不迭自動獻身，製造新聞。

# 電話訪問

大抵真是懶得到了家了，才發明這個玩意兒，叫做電話訪問。

且有越來越流行的趨向，閉門家中坐，忽然電話鈴一聲響，「我是某報某記者，想問你對香港政府、保衛自然生態、中大改三年制的看法。」

接電話的無辜人可能剛剛睡醒，雙眼惺忪，可能正埋頭工作，不想分心，但記者在另一頭心急如焚，立時三刻等着高見發下稿去。

其實做訪問一大半的樂趣是看當事人的表情及身體語言，有時他明明嘴裏說「好好好，好得不得了」，眼神中一絲狡獪的笑意便洩露弦外之音。

電話的功能迄今似乎未能達到這樣的要求。訪問稿真的可以慢工出細貨，稿件的質素泰半靠被訪人願意透露多少消息。

也許一個下午的瞭解還不夠，可能需要更多的時間，彼此放心熟稔了，互相把假面拆下，問與答，都更加溫柔可靠。

比電話訪問更糟糕的是印象訪問，完全想當然，一廂情願大寫特寫，人怎麼會沒有進步？閣下印象中的他，可能已與現實脫節數百光年。

# 權術

大機構裏，小陳多年來挑戰老張，人前人後，無論對着老闆同事下屬，口口聲聲張不如陳。

旁人深覺詫異，以老張身份地位，一句「有我沒有他」，陳氏立即要捲包袱走路，為什麼老張多年來容忍此人，不將之擠走？舉手之勞耳。

但是辦事辦老了的人，統共知道，每個機構裏都少不了小陳這種人，去了陳甲，來了陳乙，還不是一樣，時刻同陳氏一族鬥爭，不用幹正經事乎，最聰明的辦法是隨他去。

上司永遠不會提升這種人，讓他坐在老位子上，也不會炒他魷魚，免得他發憤圖強，適逢隔壁台真空，乘機抖起來。

長年累月由得他忿忿不平好了。

聽上去，似比正面開仗陰險得多。

然而高手什麼也沒做，坑死小陳的，不過是小陳本身不可愛的性格。

不能怪別人。

辦公室政治複雜深沉，深信每個人為着學習這方面知識都應該上三兩年班。

以後頭腦就不會黑是黑，白是白那麼簡單了。

# 客棧

生活習慣整潔良好，外遊，則不妨住友人家，如剛剛相反，還是租酒店房間為佳。

有些人外表十分乾淨，看不出毛病，回到住所，卻肆無忌憚，瓶瓶罐罐藥物一大堆，連同衣服攤開來，侵略性太強，借住友家，喧賓奪主，只怕以後連朋友都沒得做。

又有人廿四小時內，可以用盡酒店房間九條毛巾尚感不足，按鈴叫人再送多五條上來，當然也是惡客，不宜擅闖民居。

江湖客最好是住客棧，有小二服侍，稍覺不滿，即拍枱子，不亦樂乎。

可惜不一定要在大樹十字坡，也能找到黑店，據經驗所得，逢店必黑，用長途電話，收附加費達百分之四十，匪夷所思。

雖說廿四小時服務，回到房間，也就冷冷清清，不適宜愛熱鬧人士。

對酒店發生好感，並非因為修的是酒店食物管理科，試想想，人生在世，不得已要開口求人之事不勝枚數，輕而易舉，自己可以解決，最好不要麻煩親友了。

# 最後一次

說故事的時候，為了增加戲劇性，時常會用一句這樣的話：那是我最後一次看見他……

發生在現實生活中，可真不是那回事。

其中牽涉到生離死別，真真恐怖，戀戀風塵的人類，最討厭這兩件事，故此都愛不住的回頭望，有人因此變成鹽柱。

最後一次。

最後一次看見外婆是在上海火車站，最後一次與同學言笑是在曼城飛機場，最後一次發生的時候往往也有第六靈感知道會是最後一次，多麼難受。

港人不住來來回回，口中念念有詞：雖信美而非吾土焉，努力等到最後一次。

記憶好的朋友會惆悵的說：「生了弟弟之後，奶奶就不抱我了。」他的最後一次在七歲。

太令人傷感，不過也有比較樂觀的最後一次，像這是我最後一次哭，這是我最後一次軟弱，這是我最後一次犯此錯誤。

接着就開始新生活。

第一次接受西方文化洗禮，第一次嘗試獨立生活，第一次主動結交新朋友，第一次做出成績來。

沒有最後一次大抵不會有第一次。

# 有人歡喜

友人一家四口，非常享受移民生活，西岸陽光充沛，其樂融融，太太同兩位小姐都在學英語，一人一車，甫抵埗已熟悉道路網。

閒來滑雪、游泳、出海、釣魚，自露台外望，看到山腳有渡輪碼頭，於是一家子前往探險，到離島耍樂。這種活潑精神，真叫人佩服。

中年夫妻照樣到公園去踩腳踏車散心。

當然，伊們財源充足，可是有人說得好，要享受生活，其實不需要太多錢。

要有一顆開朗的心，持不卑不亢的態度，最好不要與舊家多作比較，盡量享用新世界的優點。

一直愁眉苦臉說悶悶悶，那還不如回來。

也不必賭氣：我們才不會回來呢。

或是悲天憫人：哎呀，回不來了。

快樂健康的人是可以與新環境和平共處的。

最後，友人把老家的小狗也空運移民，這隻小動物卻鬧起水土不服來，無端端兒得不得了，一見洋人便撲，把補習老師們嚇得辭工。

每一個案不一樣，月兒彎彎照九州，有人歡喜有人愁。

# 三大良伴

同文寫，事業女性三大良伴是傭人、司機及秘書。

敢情好，咱們這種女作家簡直不及格。

自己就是人家的秘書，男方到了辦公廳，哪裏還管瑣事，統統卸下來：訂飛機票，削鉛筆，查資料，全部由女方代辦，做得對，是應該的，有什麼差錯，嘿，枉你還讀過大學。

幸虧不會開車，不然還得無遠弗屆，日日長征，於是乾脆也不要學，深明不做不錯，做多錯多，一於以身作則，做地車信徒。

怪不得女性要走出家庭，否則的話，親友以為你閒得慌，工作隨時可以放下去為人民服務，如不，一定是裝模作樣。

排場、氣派、享受，同高級女性行政人員有天淵之別，幸虧也習慣了，安之若素。

外頭有外頭的難處，人家日常生活中有老闆，有客戶，有惡同事，交架大概也頗需要一點力道。

越來越不容易了，老式小家庭主婦還問身兼七職的現代女性：「令夫為何敬畏你？」

因為她尊重對方更多。

# 現代寫法

此刻在報上寫連載小說如果像紅樓夢那樣開頭就慘了，心急的都會讀者許會不耐煩的扔下副刊：搞什麼鬼，到底人來人往，誰是主角。

最先出場的竟是女媧氏，跟着來一塊有嘴巴會說話的石頭，接着出來開座談會的是一僧一道。

然後夾一大段自序，好不容易脫離科幻回到現實，又改敘甄士隱父女的悲劇，警幻仙子，絳珠草，神瑛侍者，全部在甄氏夢中出現。

總算夢醒，又交代賈雨村的故事，捱完頭一回，正主兒還不曉得在哪裏，再捱第二回，仍不見林黛玉，小讀者們開始鼓噪。

不好看不好看。

頭三回肯定屬於成年人。

年輕人喜歡的小說是另外一種，長點不要緊，一開頭就必須已經進入情況：事情全部發生了，這是橫切面，他們不看細說從前。

說故事的人往往把書中最緊張吸引一段抽出，放在第一頁。

流行不同文學？

可是文學作品，往往流行得最久。

# 吃

洋人的一日三餐，真叫東方人瞠目結舌。

早餐至少兩隻雞蛋加煙肉香腸薯條，一杯橘子汁，三杯咖啡，黃油麵包上搽滿果醬，全部吃光。

到了十二點，又該吃了，牛排三文治加一個蝦仁沙拉，更多咖啡，意猶未足，添一客香草冰淇淋。

晚餐自然更驚人，從頭盤開始，先是蝸牛三文魚龍蝦湯之類，主菜來一塊十安士重的肉，甜品是三件橙班戟，佐以一瓶餐酒。

天天這樣。

唐人光看着體內膽固醇就直線上升。吃那麼多，簡直似鯨吞，入鄉隨俗，三天後就投降，笑說一個清湯已經足夠。

相由胃生，飽食終日，有所事事都大抵有點蠢相，中午已經吃得紅光滿臉打着飽嗝，下午不知怎麼辦事，難怪節奏奇慢。

難怪血壓與心臟都不妥，超重大胖子往往有一百公斤重。

同他們說起，他們還要跳起來，直嚷：你們的鯊魚翅，你們的毛蟹呢。

也都很惡名昭彰？

# 美服

什麼叫美服？看看後窗一片中伊迪芙赫德為嘉麗斯姬莉設計的一連串服裝便知。

真想把優秀服裝設計師小鄧拉到面前來，懇求他：「看到沒有，我也要穿那樣的衣服，快，幫幫忙，做幾套來試試。」

小鄧也許會瞪大眼，「但是人家當年只有廿三歲，金髮藍眼象牙皮膚，腰身只得廿二吋。」

最喜歡五十年代的服裝，酷愛小腰身配大蓬裙，波浪短髮或是馬尾巴，鮮紅嘴唇，女性的黃金時代，找個開白色敞篷跑車的對象，快活地生活下去。

那個時候，有兩位很會穿衣服的表姐，一直為她們的晚裝着迷：那麼多布料，怎麼樣收到衣櫥裏？難怪接着流行的是不三不四的迷你裙。

真沒想到五四年設計到今日尚叫人心嚮往之：湖水綠長袖外套一脫下，裏邊竟是露背白色小上衣，嘩。

還有，黑色薄紗短袖小腰裙內穿窄吊帶襯裙，殺死人。

映得現今的墊肩上衣，四方形套裝，灰棕色系，全部失色。

# 涵養

忍耐功夫是成年人必修課程。

不愛看的，視而不見；不喜歡聽的，聽而不聞；遇到尷尬場合，照樣處之泰然；工作時至生氣的時候，頂多沉默如金，一言不發，越是光火，越是不出聲。

這樣大的犧牲，深覺遲早生癌。

然而忍耐也還不是涵養。

誰在用盡全身精力死忍死忍是看得出的，但涵養功夫，卻無色無相，把一切不合理之事，乖戾之氣統統消滅於談笑之間。

忍耐是硬功，涵養是綿功。

為什麼要千辛萬苦練這兩種功夫？因為有時候同有些人交手，贏了同輸一般慘，唯一可以做的，不過是毫無反應，以不變應萬變。

反應敏捷，言語尖刻的答辯狂，永不言輸，總能在適當的時候作出適當的反應，不肯吃虧？已經蝕煞老本，做人何必像隻乖皮球，人拍一拍，你便聽話的彈一彈。

沒聽懂最好，聽得徹底，又沒有獎，沒看見也最好，透視眼並不能延年益壽。

# 半自動

為工作賣力真是心甘情願，賣命就不必了，有幾個類型的職業，聽說動輒要交心，交身，交出所有時間，還有，最好交出靈魂，否則與成功無緣，實在離譜。

其中一例，好像是演藝事業，有人因此不能結婚，愛人統統要收起來，假裝獨身，以博群眾歡心。

其中大概並無強迫成份。

起碼有一半是情願的吧，或是一開始先做壞了規矩，對方尚未提出條款，為着生計，為着討好，首先自動獻身，日後反悔無門，只得精益求精，交出所有。

叫慣爺叔，對方聽得舒服，無比受用，再也停不下來，這種事怎麼開頭，情願多走一段迂迴路。

不如一上來就擺明車馬：沒有回佣，沒有綽頭，沒有折扣，但依時交貨，童叟無欺。

附帶條款太多，寸步難移，甚難合作，易生怨隙。

也許彼行業條件實在太好，交出靈魂，在所不惜，有什麼比早早名利雙收更加重要？遲一天都不行，一定要馬上、今天、立刻。

要付出的代價，自然也大一點。

各人選擇不一樣。

# 荼蘼架

《紅樓夢》中爺們吃喝玩樂，找來唱小旦的蔣玉菡與錦香院妓女雲兒相伴。

那雲兒拿起琵琶來唱新樣兒的曲子，其中一句歌詞是這樣的：昨宵幽會私訂在荼蘼架。

真美。

荼蘼是薔薇科植物，詞云：開到荼蘼花事了，它是春末夏初最後開的一種花，之後就要待來年。

後花園裏往往搭起一隻竹架子給植物攀藤，作用同屏風差不多。等人，自然最好隱藏一點，悄悄躲在花架之後，靜靜不露聲色。

晚上，不知道有沒有月亮，微溫的空氣將荼蘼花的香氣蒸發得無處不在，她在那裏神情恍惚地等他。

這樣的意境不復見，因現今閒情逸致早被現實都會生活磨滅。

都說搬到外國住，後園一定要做隻荼蘼架，添一張石櫈，閒來無事，躺在那裏聽鄧麗君唱小調，實行文藝復興。

然而快樂是一種心態，園子裏眾人卻統統忘不了新愁與舊愁，展不開的眉頭，捱不完的更漏。

荼蘼架子不管用。

# 回家了

林黛玉得知寶玉與寶釵要結婚的消息後，眩暈半晌，掙扎着回到瀟湘館，歎一聲，「可到家了。」

那其實也並不是她的家，她老家在姑蘇。

大觀園是一個非常奇怪的地方，許許多多標致少女，因機緣巧合，在那裏聚頭，又在那裏分手，演出悲歡離合。但那只是賈寶玉的家，不是她們的家。

現代人比較懂得控制生活上的細節，四海為家，住得舒服就行了，或租或買都不要緊，淋個浴，睡它十二個小時，也就賓至如歸。

故此又分暫時的家與永久的家。

在朋友家聊天，長沙發正是盹一覺的好地方，不知不覺靈魂悠然出竅遊蕩，忽聞犬吠，漸漸甦醒，睜開眼，咦，這是什麼地方？比夢境更像夢境。

回到本市的家，連忙跑下樓，在角落小店買一支紅豆冰棒，站在那裏吃，酸甜苦辣，味道複雜，總算到家了，開始工作吧。

對家的要求並不十分高，屋內清潔，屋外自由，即可，掛不掛水晶燈，鋪不鋪白色地毯，統統無所謂。

在哪一洋哪一洲亦無關重要。

# 人生觀

勤力的人最看不得別人懶。

港商批評英國工人：「開通宵付三工，也沒人肯做，一聽就嚇壞了。」

他們情願少賺一點，準五點下班，泡在酒館裏，與異性聊聊天，又是一天。

那其實也並不算懶，他們只不過是努力地享受生活而已，工作不是生活全部，工作不過為令生活質素更高。

不幸遇到工作狂，這等人才被打入懶族。

我們的想法是，可以做到一百分，決不為九十九分妥協，他們不以為然，考試答卷子，自問及格，即棄筆離場打球去，問心無愧。

港生還在那裏死做死做，一定要考第一，態度完全不同。

勤固然有功，戲亦十分有益，外頭陽光充沛，藍天白雲，鳥語花香，做完有限量的工作，便應跑出去好好玩耍，須知今天永不再來。

有人如認為賺錢是唯一的享受，太好了，社會需要這樣的棟樑。

不愛競爭，安份守己，也是一種福份，只要不累及親友，懶點何妨。

# 最高指示

同文透露，編輯部的最高指示是，專欄應盡量注意趣味性、知識性、資料性。

我的天。

偏偏泰半有知識的人無甚趣味，有趣味的人不大顧及資料，世事古難全。

看到這樣的指示，只得擲筆三歎。

九十年代了，讀者之中還找得到鄉下人乎，執筆者有學識，讀者何嘗不是大學生，焉可低估讀者智慧。

同文又說：「專欄作者萬萬不能以專家自居，甚至不能隨便認為自己比讀者多懂了什麼。」

與讀者商量某些意見，分享一點樂趣，那大抵是受歡迎的，倘若還用自以為是口角，一本正經「我的教訓你要聽」，恐怕行不通。

世界統共只有那麼大，寫作人去得到，讀者也去得到，天底下只有那幾種珍饈海味，我們吃得到，人家也吃得到，大家地位均等。

讀者人數越多，作者受檢閱的程度就越苛。

最高指示是甚難達到的了，但求做到不卑不亢，不叫讀者瞧不起就好。

# 墊腳

粵人有一句有趣的話，叫拉別人的裙子遮自己的腳，活龍活現，不必多加解釋。

最常見的一種做法，是嘴邊老惦念着「我的朋友王百萬如何如何」這類，倒是無可厚非，一個人的名字，原由社會捧起，成事後又為社會公用，似乎理所當然。

借別人的裙子來遮腳算是很禮貌的做法，有多餘的布料可以予人方便，相信當事人亦樂於日行一善。

近年來不大有這樣忠厚的人了，年來借裙者不是用來遮腳，而日漸有用來抹腳、墊腳的趨向：既要利用他人大名，又不忘貶低他人來抬高自己，實在精明。

文中每多他人大名，卻毫無善意，且來不及醜化成名人士，忙不迭推薦自身活潑清新，把人家的裙，踏在腳底，還要出力揉得稀爛。

日子長遠了大抵是行不通的吧，誰還肯借出裙子來？

恐怕將來報上會刊出如此通告：「謹宣告讀者，某人筆下之愛皮西另有其人，與本人常用之筆名愛皮西無關，以正視聽。」

愛利用人名者，請好好珍惜地用，常用常有。

# 妙筆

前輩在他報上寫：江郎才盡，據說是夢見老人向他討回那支夢中得來的生花妙筆。

這就是借的煩惱了。

現代人比較聰明，若是別人的傢俬，最好叫他賣斷，Freehold，子子孫孫，拿着契約，持永久權益。租借是行不通的，九九九年期都總會屆滿，何況其他。

一定要自置產業。

入行之前，走進繁華市場的名利店，下里巴人牌也好，陽春白雪牌也不壞，立定心思，選了就走。

從此行走江湖，就是這支筆，當然要付出代價，其中許會有無限辛酸，但筆已私有化，也就是不怕任何人討還。

沒問題，老人若來送筆，當然喜出望外，或可從此升上文壇彌賽亞寶座，若不，亦自備禿筆一支，常寫常有。

只有這樣活絡，才能在現代競爭激烈的社會討生活。

放眼看去，都不見有哪個同文的筆是借回來的，統統有個人風格，融會個人經驗觀點，寫成專欄。

能否拼出火花，各安天命，是，筆是我自己的，蟠桃兒2B鉛芯，好用無比。

# 胖婦

胖婦主演的美國電視片集十分受歡迎，證明觀眾口味時時坑死投資人。

有人喜歡寫實的，生活化的，平凡的故事及主角，有人說謝謝，不敢苟同。

自問並非唯美主義者，但是扭開電視機，三十秒鐘內還不見俊男美女出現，對不起，立刻轉台。

即使故事好得一如《駱駝祥子》，沉重悲哀的劇情也叫人吃不消，何必呢，肩膊上的生活壓力還不夠重嗎。

胖婦，處處都有，辦公室裏，街市中，親友間，脾性再佳，身型已具侵略性，面容咄咄逼人，一現形已不討人歡喜。

客串猶可，主演，大抵不必了吧。

不牟利的時候，誰不想眼睛吃冰淇淋，一個真正叫觀眾嘩一聲的美女，抵得上一千萬製作費。

膚淺？當然，求學問早該往大學堂去，何必對牢電視機緣木求魚。

誰會愛上豪門恩怨這種劇集呢，不可能，但是娛樂性那麼豐富，佈景華麗，劇情曲折，已夠賞心悅目。

胖婦人，只在費利尼的電影中，才能佔一席位，具象徵及震盪感。

# 人神合一

友人問：「那少婦美不美。」

可是，一向認為沒有獨立能力的女性，與現代美無緣。

友人說：「可是單說她的樣子呢，算不算好看？」

但是相由心生，人神合一，根本不能分開來討論。

經濟上依賴他人，日子一久，心開始怯，五官泰半變得小眉小眼，擺不開來。

姿態老是鈍鈍，外形再秀美敦厚，對社會沒有實質貢獻，只不過是件華麗的裝飾品，要緊關頭全不能當機立斷，自助助人，再美的包袱，也還是個負累。

許是偏見，但請出去問問少男們，願不願意終身無條件奉獻到底，就因為她長相標致。

許沒有這樣的事了。

現代美是一種自由自信瀟灑的姿態，把個人能力與體力在工作崗位上發揮到淋漓盡致之後產生的效果。

不論男女，成功美是至美。

衣服是否最流行式樣，汽車是否夠大，鑽石是否夠亮，當然也非常重要，屬錦上添花必備道具，可以促進社會繁榮，但不能增加一個人的社會功能。

對伸手牌美女沒有共識，敬而遠之，保持距離，道不同，不相為謀。

# 不喜歡

「不喜歡，不要做。」

嘩，真的可以嗎。

不愛唸書，天天逃學，不愛回家，晚晚跳舞，工作太累，拂袖而去，看不順眼哪個人，把他罵得賊死，一不高興，當場痛哭頓足……

可以嗎，大抵是不可能的吧。

不是喜歡或是不喜歡的問題，是一個人責任上要做什麼，就不得不做。

人類天性散漫，外頭秋高氣爽，藍天白雲，誰耐煩耽室內辦公，總不能統統告假跑出去跳躍歡呼吧。

社會一直不原諒沒讀好書的孩子，或是長期待業的青年，為了些少自由，與社會公論對峙，更划不來。

於是乖乖自動走入模子。

不喜歡也要做，每年離港移民人數達五萬之眾，相信沒有人為愛上異國風情而走。

必須要做的事，怕也要做，厭也要做，不情願也得做。

嬰兒不在比例，那是人生全盛時期，他們不喜歡什麼，立刻可以表達出來。

# 聽得出

諸位音響迷迷到家的時候，聲言星期天工廠不開工，電力充沛，他們都能夠聽出分別來。

可不可能？

耳朵能聽到的聲音是每秒鐘振動二十次到二萬次的聲波，振動低於每秒二十次或超過二萬次的聲音是聽不到的。

各種樂器所發出的聲音頻率，一般只能低到每秒五十次與高到每秒五千次，收音機裏的揚聲器，即是喇叭，只要能真實放送音樂中最高與最低的聲音，也就是一架優良收音機。

然而這樣理智，要被人罵的吧。

凡事一旦沉迷，心態就會跟着浪漫起來。

他們堅持有分別，聽得出，用哪一種電線都不一樣，唱盤要用一種特製墊子承托，等等，等等。

才不管天籟聽不聽見，人類的接收器，耳朵，只適合普通用途，才沒有那麼複雜。

但誰說不是一種樂趣，連托住唱片的墊子都有講究，他們說音響國語言，執行音響國律例，其味無窮。

聽不聽得出似乎已不重要。

# 本票

認識本票的好處的過程如下。

讀書的時候，暑假返港處理私事，再度進入聯合王國的時候，斯文有禮的海關人員要求檢閱證明文件。

香港身份證明書上已有入境簽證，但海關人員搖搖頭，要求更多保障，只得呈上校方該學期的入學紙，仍是搖頭，出示銀行戶口存摺，照樣搖頭。

這時，身後的人龍已經很長，罰站，已超過二十分鐘。

終於，靈光一閃，輕輕取出一張用來防身的滙豐銀行本票，那制服人員一瞧，如釋重負，一臉「小姐你幹嘛不早些亮出來」的表情，揮揮手放人過關。

就在該刹那，唯一被生活壓榨所剩的天真，也啪一聲破滅。

真好，自此以後，完全明白人生是怎麼一回事，若果要生活得有尊嚴，又該怎麼做。

多謝本票，我找到了方向。

自那個時候開始，便要求資方付款時盡量用本票，己所欲，這點倒不妨施於人，自己亦開始愛上這種由銀行擔保，保證兑現的一張紙。

# 教訓黛玉

林黛玉跑錯地方碰到現代女性會怎麼辦？

她的好友也許會說：「小姐，頂多再給你十分鐘訴苦時間，若不停止，為免雙耳生癌，只得同你絕交。」

或是「你的璉表兄收着你的家私幹什麼，問他要回來，這人不可靠，我來教你買外幣收利息。」

或是「自己動手好不好，紫鵑的薪水驚人，不如辭退，還有，燕窩營養價值一直是個謎，服維他命丸比較實際。」

或是「賈寶玉這人肉麻當有趣，不學無術，我們替你介紹幾個年輕有為的專業人士，會潛水會打球又有幽默感，包你滿意。」

「《明報周刊》請助編呢，你這麼愛咬文嚼字，要不要去見工？」

最要緊的還是告訴她：「園子裏的人對你好不好有什麼重要，一個人最要緊自愛自重自信，快快讀好書辦好事，到頭來，捧你的人就是開頭踩你的人。」

大多數女性在十七歲之前，很難避免不沾染到一點林黛玉習性。

大了會好的。

沒有選擇，不改好不能在社會立足。

# 不放心上

此間電視台所播放的幾乎所有洋酒廣告，都可撥入小男人狂想曲類。

商人利用現代男人有時會出現的忿忿不平心態，略為壓低現代女性身份，來滿足平衡他們情緒，盼望引起共鳴，乘機推銷產品。

喝多兩杯，保證世界不一樣，抑或可以幻想回復到五六十年代，男主外，女主內的歲月裏去？

那時，在社會與男性拼勁的，只有男性，只須擔心失敗，不用承受敗在女人手下的特強壓力。

九十年代，共分天下已成定局，唯一安慰，大抵是聽鶯聲嚦嚦的女聲發嗲曰：「噫，他不給我喝這隻拔蘭地。」

真有趣。

經濟獨立女性許正在享用皇室敬禮加冰。

其實不必介懷，女性或男性的地位不會因不實際無根據的褒貶而升高或降低。

提升女性地位，需要長期努力，以身作則，事實勝於雄辯。

何用為小事多心，人家説些什麼，我們不放在心上。

# 競走

往山上走的時候，完全看不到其他人的面孔，即使有人走在更前，也不過是一個背影，大家為着與烈風斜雨搏鬥，哪有回頭望的時間與心情。

大概就是因為這樣，很少有上進途中的人抱怨旁人的臉色難看。走下坡路不同，迎面而來的面孔，統統幻變得光怪陸離、奇形怪狀，沒有善相，漸漸看不順眼，怨言日多。

我們老說：從前他才不屑抱怨這樣的人，這樣的事，況且，這樣的人與這樣的事，一直是有的，怎麼會等到今時今刻才發出牢騷來。

可見他此刻已迎面撞上這等人了。

不消三兩載，計較的事越來越多，益發瑣碎，芝麻綠豆申訴一番，四周圍全部是不擇手段的牛鬼蛇神，故此悶悶不樂。

當然是往上走好得多，背脊沒長眼睛，誰在那裏搞小動作，大可裝作看不見聽不到，一鼓作氣走到底。

競走就是這麼一回事。

一直說：運動場邊的觀眾最高貴，誰得了冠軍，才搖旗為他打氣，誰實在不爭氣，喝他倒彩，多開心。

# 受歡迎

某本著作大受歡迎。

怎麼知道？咦，暢銷呀，還有別的衡量方法嗎，或有之，余未之見也。

這是最直接的鼓勵：流行、暢銷、普及、被認同，受歡迎，得到讀者的欣賞、共鳴、反應。

最好五十年不改、不衰，甚或變本加厲。

沒有人看，寫來幹什麼？日記有什麼好寫，奄奄一息，自怨自艾，還不如蒙被大睡，醒了搓麻將。

一定要有讀者，那樣，才會精神抖擻，越寫越有，永不氣餒。

寫作人的至大後台、後盾、本錢，就是受讀者歡迎。

一本書，不被讀，就是死，洋人說的 either read or dead，大抵就是這個意思。

有記者問：你不介意人家稱你的作品為流行小說吧。介意？這可能是任何寫作人至大成績，怕只怕不夠流行耳，怕只怕過譽，巴不得風行全球，去到津巴布韋，人手一冊。

可以嗎，真的有資格做流行小說作者？一定要努力朝這個目標邁進。

# 視人而定

友人中，有遲到得不可救藥者，事事慢半拍，辦季刊都脱期，吃飯例遲一小時，可是大家嘖嘖稱奇之餘，並不動氣。

為什麼？

因為人家並沒有視人而遲。

達官貴人，販夫走卒，一視同仁，遲到是伊無法控制，性格上之缺憾，願者約之，換句話説，這位朋友，不是故意欺侮人。

聲音大，雖刺耳，若對上司與下屬一樣大，倒還算大得有理。

一般成年人的做法比較合理，有什麼事，同上層據理力爭，至多拂袖而去。

對小朋友反而客客氣氣，唯唯諾諾，和平共處。

一視同仁是很難做得到的德行，見大人物，準時到，見小朋友，遲十分鐘，也已經足夠，若真不屑，最好不見，不必遲到。

至大的笑話是誰誰誰對着看門的阿伯就吼起來了，不知是哪一國的英雄好漢。

做得含蓄點，把視人而定的標準放鬆些，許就沒有那麼滑稽。

# 可是沒有

有人寫故事這樣開頭：王莉莉今年三十歲，可是還沒有結婚。

讀者莞爾，這簡簡單單短短的句子裏，語病不止一點點呢。

可是沒有結婚，可是原來是應該結的，已經三十歲了，如無意外，如果正常發展，早應成家，但是她沒有，因為這怪惋惜的可是兩字，可見作者認為她生命出了紕漏。

為什麼不寫「王莉莉今年三十歲，未婚」呢。

結婚與否，是一種生活上的選擇，與當事人的品格、學識、成就，一點影響都沒有，二十世紀九十年代，社會開放而老練，早已認同這是個事實。

結婚並不是一項成就，成功的婚姻往往要付出無限心血，女性的身份並不會因行婚禮而自動升級，亦不因獨身而降級。

也許因為人家選擇嚴格而高貴，可能亦因為機緣未到，未婚不是一項遺憾，這不是一條人人必經之路，有人的性格適合家庭生活，有人不，各人選擇不同。

不必「可是」了吧。

一加這兩個字，觀點似突然落後，像回到五六十年代去。

# 出人頭地

世紀末，青年人多患出人頭地情意結。

一個年輕人這樣說：「我這次是有備而戰，終有一日在那些踩過我，不尊重我的人面前揚眉吐氣。」

有點像基度山恩仇記是不是，練好功夫下山，睚眥必報。

都得經過這個可愛的階段吧，略有成績，便無時不刻不在人前兜兜圈子，閒閒提起他上星期做過些什麼，或是拒絕做過些什麼。

眾人把話題岔開去，不行，過半晌，他又重拾舊題，大抵，這就是所謂揚眉吐氣吧。

一點點頭角露出來，就得結上彩帶，左顧右盼。

如此這般趣致姿態，大約要繼續到真正成名，倘若他真能修煉到首屈一指的水準，才會消失。

那時，他毋須再提醒旁人他有多成功，還有，他亦毋須分分秒秒提醒他自己，他有多成功。

此關一過，才會把出人頭地病拋下，好好做事。

然後漸漸發覺，這是一個自由社會，即使名成利就，敵人也同朋友一樣多，照樣人踩人，照樣人負人，原來，開始的時候，情緒太過偏激。

於是不再理會閒人怎麼想以及怎麼看，舒舒服服做回自己。

# 圈外人

女演員說：「對方是圈外人，不欲多談。」

真的，他有他的家人、朋友、同事，他有他職業與人事上的紛擾，可能已經需要廿四小時全力應付，夠了，不必做舞台配角了。

幹文藝工作的人，泰半愛熱鬧，堅信人多好辦事，第一個被拖落水的，便是伴侶：對方在家作何打扮，有些什麼小動作，可愛可恨之處……全部披露上報，公諸於世。

統共沒有考慮到圈外人生活在另一個圈子，他或許會覺得尷尬？

大抵也不是每一個人都愛在報上讀到自己的趣事窘事吧。

吃這行飯的人，深知什麼事都要付出代價，名為公用，報道或準確無比，或不實不盡，都習以為常，但圈外人並無義務承擔這種怪現象。

多說無益。「他叫什麼名字？」「你不認識他。」「他幹什麼？」「做正當職業。」「長得怎麼樣？」「人那個樣子。」「有沒有合照？」「我家沒有照相機。」

尊重對方的私隱權也是要緊的，普通人，沒有招搖的價值。

# 過去

少女維護男友：「每個人都有過去，總之，過去已經過去，不用再提。」

真漂亮。

還不是為自己呢，是為伴侶。有些人，不但不肯忘記過去，還不給別人忘記，一聽到誰淡然說「不記得了」，就忿忿不平，諷刺曰：「這倒好，記性那麼壞。」

怕只怕閣下往事也不少，大家記性都好起來，吃不消兜着走的人，許就是閣下。

記性全部差一點，絕對有益。

不記得，不願意記得，不清楚，忘了，全部都是求生本能，以便從頭來過。

當事人午夜夢迴，心中怎麼想，不必向公眾交代表態了吧。

吃過什麼虧，學了什麼乖，還要一一數清楚？全部抹掉，忘了，豈不是更好。

很多時候，解完釋，訴完苦，馬上變成小丑，多說無益。

「真的忘記了？」「真的忘記了。」「我不相信。」「你誤會了，我沒有要你相信。」

過去肯定是過去。

# 明知故問

寫作人常常有機會遇到許多怪問題，令人不知如何回答，只得配上一些怪答案，滿足對方。

怪問題之一是「你為什麼出那麼多書？」書當然是拿來賣給讀者看，這樣挑釁，唯有答：「用來夾三文治吃。」

怪問題二：「有人買嗎？」充滿懷疑，只得答他：「都是隨日報附送的。」

怪問題三：「為什麼你的書都在暢銷榜上？」答案：「他們怕我哭。」

「為什麼你的書印了八版？」答案：「我有惡勢力，親戚自動認購。」

明知故問罷了。

但凡電影賣座，演唱會票子一掃而空，書本受歡迎，統統只得一個理由：群眾喜愛。

何用深入研究，即使是嘩眾取寵，滿街招搖，也是一種本事，耀武揚威的又不止他一個，單單紅了他，可見他是同類中最好的一個。

各施其法，公平競爭，還有，願賭服輸。

與其鑽研他人的戲為何賣個滿堂紅，不如自家搞好下一個劇本。

# 不會寫

當然是寫得不好。

何必說你們稿費太低，銷路欠佳，格調奇劣。

誰不曉得這些都影響了寫作意願，但通常說：寫得不好，不想在貴篇幅濫竽充數，老實講，的確想盡量減產，水準實在是不夠高。

再進一步，只得說不會寫，有時候咄咄逼人的邀稿人會諷嘲地問：

「這個價錢的劇本還不會寫？」

嘩，如此高的稿費，嚇都嚇死了，怎麼還敢動筆，小的汗出如漿，連筆桿兒都捏不牢，更無法寫字。

統統是我們不是，愛人跑掉了，我們不配，是非不用一一數清楚。同什麼人交惡，肯定是我們勢利，白鴿眼，不饒人，還用細述過程，待世人評個水落石出？

真佩服探春，小小年紀，一早明白這個道理，一開口就說：「我原比眾人歹毒，我就是頭一個窩主。」先此聲明，什麼問題都沒有。

一切紛爭，皆因不肯下氣，也得看看是什麼氣，能下的，都吞下吧，好勻出時間來辦正事。

聽說相聲宗師侯寶林在文革捱鬥時對紅小兵說：「我自己先躺下了。」是該這樣吧。

# 玩玩玩

有親友自遠方來，立即名不正言不順丟下所有功課，跟出去玩玩玩，日日玩，吃完這個吃那個，一家商場逛到另一家，一邊又同他們感慨這城市的過去未來現在。

心都野了。

親友一走，失落到要死，看到書桌上空白稿紙，拉下臉來，頻頻問：可不可以什麼都不做，就是唱歌吃喝聊天過其一生？

一直覺得工作實在是違反人類自然心態的一回事，但據青年導師說，終身什麼都不做，淨是玩耍，也可以變成一種刑罰。

聽說有名媛開了爿店，另外一位名媛跑到人家店堂去一坐七個小時，這樣無聊，一年一次都已經太多了吧。

這也許只是沒有資格時間玩耍的人的說法。

在讀者眼中，可能撰寫專欄已是世上最好玩的事情之一？

也有不少行外人認為拍戲好玩，做時裝好玩，還有，任接生醫生最好玩，把一團粉似嬰兒帶到世上來。

工作帶來收入，滿足感，累積下來，又見成績，卻一點也不好玩。

一牽涉到酬勞，什麼都嚴肅起來，再也同玩扯不上邊。

# 愛聽好話

一雙耳朵，越來越愛聽好話。

什麼叫做好話？當然不是宋徽宗的鷹，趙子昂的馬，所謂好話，也就是耳朵聽了受用，且莫管真情還是假意，人便微微地笑，大半天得意洋洋那種話。

嘴巴雖然謙曰那裏那裏，心花已經怒放，像外國人說的：您造就了我的一天，謝謝，謝謝。

好話有時候可以很荒謬，像你真是本市文壇的「彌賽亞」，或是「金庸不復出，誰與你爭鋒」之類，可是你別管，一樣有人一本正經的照單全收，且驕之友儕。

好話且聽不妨，樂完了，收斂笑容，快快苦幹，成年人統統知道，好話信一成都即死。

最普通的好話是「你越來越年輕了」，試想想，這件事有沒有可能發生，簡直虛偽無稽到極點，但儘管無人相信，卻個個愛聽此善頌善禱。

我們的缺點，我們當然比任何人都清楚，何用旁觀者來一一數清楚，當然是好話悅耳，誰會尊痛罵我們的人為知己良朋，所以每天都切記傳播好話。

# 細緻

以貌取人，失之子羽。

這裏說的倒不是相貌，雖然有洋諺一直堅持，人過了三十歲，就得對自己的容貌負責，不能怪責娘親。

幹文藝工作的人，多多少少總得擁有一分細緻。

偏見上認為頭髮沒洗乾淨襪子穿洞毛衣上有漬子的人大抵上或有可能做不成真正的文藝工作者。

那是一種需要高度自律的工作，頭腦最好精密到挑剔疙瘩的地步，且要目光如炬，搜索到最隱蔽的細節，才會有過人的成績。

粗心是文藝工作的死敵。

層次越複雜越細微，才有特別效果，相由心生，其人對本身外表的要求，肯定不會低於常人。

愛美更是文藝工作者的致命傷，審美觀不一定為眾人接受，但方向卻一早肯定，絕不搖風擺柳。

他們看上去泰半有一股與眾不同的氣質，不可能庸俗平凡。

市面上亦有外形邋遢的畫家作家導演演員，他們扮演的，又是另外一種角色。

作品不能一鳴驚人的話，打扮把人嚇一大跳，也算險勝。

# 疲倦

身體真正疲倦的時候，會有種魂離肉身的感覺。

在工作崗位曾為颱風襲港而通宵當更，接着上班至下午，回到家中還得趕稿，不過區區三十多小時不眠而已，卻累得意志力崩潰，反應遲鈍，寫了三兩行，無法湊成語氣，便仆倒床上。

連續寫稿廿餘天沒有間斷休息，體重會得明顯減輕，精神亦因疲倦無法集中，故此甚少趕稿，統統按部就班，慢慢依照時間表做。

少年人最壞的感覺大概是失戀，年輕人最壞的感覺許是事業失意，新中年至怕疲倦。

眼皮漸重，感覺麻木，舌頭打結，笑容苦澀，靈魂對肉體說：好坐好坐，不送不送，輕輕飄出，往家裏睡房方向逸脱。

苦惱的的軀殼仍留在令人發悶的宴會裏呻吟。

因為累過了頭，倦意在第二第三天都仍然持續，驅之不散，這個時候，真想到溫哥華之類的地方去，睡上六個月，醒來再返回香港瘋狂。

開頭説累，還有人同情，辭工後還戒不掉累，友人已投訝異目光。

太懂得養生了。

# 獅子搏兔

名女演員在電視上表演完一個急口令環節之後，在掌聲雷動中笑訴心聲：「緊張得我昨晚一夜不寐。」

為什麼？除出敬業樂業之外，獅子搏兔，必用全力吧。

要做就做好它。

時常聽見持相反態度人士輕佻地說：「一塊蛋糕而已」、「不用流汗」、「有聰明有捷徑」……祝他們幸運。

幹一個行業越久，很不幸，便發覺統共沒有得來全不費功夫這回事。

如果今天還沒有發覺這個道理，那麼，假使明天仍在這個行業生存的話，明天定會明白。

太沒有意思了，如此老土理論居然有其存在價值。

要用點功的，要保持心境處於靜態，要多加思索，要杜絕喧嘩，要擁有某一程度的敏銳觸覺。

從做建築到導演到設計服裝大抵都一樣。

讀書做功課更加如是。

很多時候，為了出場時贏得些少掌聲，不知要花多少時候勤練。

寫作人必須坐下來寫，交際花必須兜搭應酬、生意人要拼命打響算盤。

一個人的時間用在哪裏是看得出的。

# 不可共處

「人工的雕塑有什麼好？大自然所塑造的一草一木才有天然美，廣場上應當放這些藝術品。」

各位親愛的先生女士，這裏並不想同各位討論哪一種藝術更優美，這裏只想問一句話：為什麼一定要把人家的所愛攆走，提倡閣下相信的那套？

不能和平共處嗎？

看不入眼，大可不看，但也許也應該承認另外一種藝術，另外一種現象，亦有存在的權利與價值。

多年來，在本市，有少數自認為帶領着文學傳統的人士，有空就在報上發表言論，非得掃低流行文化不可。

這裏也不想討論誰才是真正的文壇彌賽亞，誰掛了羊頭，誰賣了狗肉，這裏只想問一句：兄弟，真沒有可能和平共處？

這麼些年了，也該累了，可能還堅信着革命自古艱難，同志仍須努力，非要剷除異己不可。

不由人不想起，某政權是怎麼建立起來，在那裏，只要掌握到一點點權力，立刻可以把對頭刮掉，當他從來沒有出生過。

人性至大弱點，毫無疑問。

# 沒有義務

台上的人請注意，觀眾沒有義務稱讚你。

地車裏無論哪一個平凡的乘客，都可以對最最當紅的華南影帝嗤之以鼻，說：「有什麼稀奇！演着千篇一律的角色，面孔肥腫難分。」

這是他對一位公眾人物的意見，他有權發表，縱然稍欠修養，仍然是他的自由，在一個民主的國度，上至君王宰相，都逃不過受批評之噩運。

吃着鹹魚，就要捱得口渴，否則，告老還鄉，隱姓埋名，當可免此災劫。

群眾毫無必要態度公正，或對各人有所了解，才能作出批判，不喜歡誰就是不喜歡誰，管誰刻苦耐勞或嘔心瀝血半輩子。

寫作人辛辛苦苦，勤奮經年寫成的精彩長篇小說，很可能被一阿姆無情地評之曰「不曉得說些什麼，夢囈一樣」，也只得處之泰然，痛苦埋在心底。

一切在踏上台之前已經要計算好，都是代價，非得打入成本之內不可，讚，或彈，皆得照單全收。

沒有人會天真得以為全時間全天候全人類都要對某一賣藝人作出至真至誠的讚美吧。

高貴的觀眾絕對有權喝倒彩。

# 有利可圖

仍然有寫作人不住地訴窮，實則早已有利可圖。

那麼多新人入行，講究派頭，又有舊人東山復出，重新包裝，老將們則緊守崗位，再接再厲。一半，也許是愛上了寫作，另一半，大抵同酬勞有關。

輕易可以算得出來：各大出版社大致上付百分之十五版稅，以一月一書計，銷三千本，已抵得小學文憑教師最高薪酬點；銷六千本，酬勞與政府新聞處高級新聞主任相等；銷一萬本，是外間大洋行總經理的入息。

報章雜誌上第一稿稿費還未算在內呢，每天寫三四千字，持之以恆，一月即成一書，並非太困難的事情，漸漸頗多人對此行業發生新的興趣：不發財不要緊，生活寬舒，又有自由，創作樂趣，千金難買。

近來各中文報章雜誌的優秀老總級人才薪酬更加驚人，年薪統統七位數字。

一位編輯說得極之幽默：「識中文的人越來越少，老闆不得不重金禮聘。」

至於寫作有多辛苦，完全是另外一個問題。

香港沒有不辛苦的職業：開計程車，做地產，當醫生，任消防員，做名媛，都辛苦之極。

# 標點

用標點非常保守，通常用的只不過是逗點、句點、引號，不大用句號，極少用驚歎號。

標點專家中有不少是驚歎大師，運作情況如下：「你！到我家來！吃一頓好的！世紀末！吃死算了！」標點往往比內文更刺激。

還有問號專家，十萬個為什麼，這樣替蘇老軾的水調歌頭加標點：「明月幾時有？把酒問青天？不知天上宮闕，今夕是何年？」最後不忘問：「不應有恨？何事偏向別時圓？」也許蘇氏會得跳起來解釋他只是觀景感慨，他可能並不希祈得到答案。

還有引號專家：我們到「歐洲」「法國」的「巴黎」「右岸」的「紅磨坊」餐廳吃了「蝸牛」。

還有破折號及虛線點愛好者：我想了一想——可能——或許——但是……這問題得……仔細考慮端詳——像不像……呃……摩斯電報密碼——

一直沒嘗試看具標點的紅樓夢，也就是這個意思。

用標點開始小心，始自詳閱金庸小說之後，他絕少絕少絕少用到奇怪的標點。

讀者不受標點騷擾。

# 愉快

最有力的文字，像魯迅的小說《藥》、《傷逝》、《阿Q正傳》，簡直似要把讀者逼至牆角落，戰慄、崩潰地蹲下來，痛哭失聲。

能有幾個寫作人可以做得到。

酸葡萄一點，可以扁扁嘴說：「誰是虐待狂呵。」

比較輕鬆些，次若干等級的作品，可以作讀者與作者喝下午茶，面對面坐，環境舒適而寧靜，銀製與白瓷茶具，不傷脾胃地：「試一試這隻玫瑰花瓣果醬，還算不錯。」讀者則抿一抿嘴答：「尚可尚可。」

不用下午茶無所謂，消閒則最好不過，但是點心擺出來，也非要新鮮精緻不可。

這樣亦能和平共處多年。

最慘的情況是讀者不高興了，忍無可忍，從此放棄偷工減料的作品，那麼，簡直就變成被讀者逼至牆角，後悔莫及。

不是東風壓倒西風，就是西風壓倒東風，能夠做到不卑不亢，彼此愉快，已經不容易吧。

大家都不要哭，大家齊齊喝下午茶，國泰民安，才是我們所欲。

# 獨立

時尚雜誌這樣稱讚麥當娜：除出國家元首及褪色的莉茲泰萊，世界十大女名人統統是人家的配偶——我嫁了朗奴，我嫁了哥巴卓夫，我嫁了肯尼地（在嫁亞里之前）諸如此類等……然後，麥當娜出現了。

她沒有嫁過錢，她的一切所有靠她雙手賺來，從紐約到馬尼剌，沒有一個年輕人不認識她。

這算是很大的成就。

你喜不喜歡她，看不看得她順眼，全部不重要，都是題外話。新女性最重要的特色是經濟獨立，精神獨立，跟着而來的人格與成就獨立。

不少男性以為女子搞獨立運動的目的是要勝過男性，這是完全不正確的。

新女性只不過想勝過舊女性，今日的我只不過想比舊日的我略為進步。

正常的女性才不會拿自身同男性比較，男女有別，無從相比。

正常的女性也不會拿自身同別的女子比，名人天賦出身性情遭遇統統不同，無從比起。

同昨日的自己比較最好，別像北方人諷刺地形容「越活越回去」就好。

錯或對，我們靠自己的雙腿獨立。

# 老

不曉得為什麼，一提到這個「老」字，總有一兩個人會立刻以交替反應的姿態跳起來，反應熱烈。

可是人家說的也許完全是另外一回事，可能只是說：「老」貓真是一本好書、「老」布確係一隻妙狗、咱們有個朋友姓「老」，他辦此類事情，是辦「老」了的……

不管，首先跳進雙目的，必定是這個老字，立刻刺激中樞神經，雷霆震怒。

絕對不能用老兵、老將、老手該類形容詞，經驗老到更加不行，老房子、老傢具全屬忌諱，不聽勸告者，動輒惹上殺身之禍。

老皮老肉的老江湖當然明白什麼叫做圓滑玲瓏，若非必要，絕對不提這個老字，日行一善，盡可能全部改為比較間接以及溫和的字眼。

舉例，像：世紀初蓋的屋子如果維修得好，剛剛懂事、芳華正茂，及恰恰成熟。

何必為小事得失任何人。

千萬不要說「荷包蛋不要煎得太老」，或是「這是一個老笑話」，從此要喝小酒，娶幼婆，拼嫩命，共勉之。

# 壞話

在老闆面前，講同事壞話。

到了生死關頭，都還是不要做的好。

真正覺得吃了虧，受盡委屈，大可以走為上着。

當然有例外，但是一般來說，老闆都愛聽夥計與夥計間的是非，他高高在上坐在那裏，不置可否，唯唯諾諾，聽管聽，相不相信又是另一回事。

有一點可以肯定，以他的智慧，心中一定先鄙夷來說是非的人。

若對頭也跑到老闆面前去陳詞，倒也罷了，半斤八両，一樣的笨，倘若人家高招，一聲不響，照樣天真地埋頭苦幹，高下立分。

什麼時代了，讒言已不能陷害任何人，誰要是長時期糾纏不清地描黑誰，給上頭的印象必然惡劣無比：先生、小姐，你到底累不累，有完沒完。

夥計表現如何，老闆最最清楚，他若糊塗，便坐不穩寶座，每個人做妥自己功夫最好不過，老闆大抵不必誰去提點他管理方針。

小王所有計劃書均屬抄襲，小張天天遲到三刻鐘，小劉好賭……老闆其實統統知道，打工已經夠苦，似乎不必加演鬼打鬼。

# 令天下

五六十年代十分流行的一招：我認識你老闆。

希望此言一出，夥計們大驚，立刻好好服侍。

九十年代，哪裏還行得通。

管理階級下的決策，能幹聰明的老闆用人不疑，一定尊重到底，得力的夥計是賺錢的法寶，不相干的外人，再親厚，不過是一頓飯起，兩杯酒止，公歸公，私歸私。

老闆高興起來，私人掏腰包請客，是另外一回事，公司裏的事，不容外人干涉。

有人專喜在別人的老闆身上下工夫，博行事方便：他上頭壓下去，他還敢不聽？

廿一世紀，傍友，要多少有多少，好夥計，賣少見少。

該同哪一階層的主管接觸，就在哪一個層次解決好了，不用咆哮：我要見你的老闆！

老闆若覺得有必要親自處理，早已延閣下進貴賓房，單對單，有求必應。

只命管家出來待客，一葉知秋，談得來就談，談不來拉倒。

出來走，要知情識趣。

# 時代女性

長途飛機下來，癡迷地站旋轉輸送帶前等行李，精神萎靡，忽見身邊有一妙齡女子，顯然是同一班飛機回來度假的學生，那愛看人的本性自然又施展出來，不禁暗暗打量伊人。

只見她短髮、圓臉，一雙眼睛炯炯有神，身穿大毛衣、牛仔褲，球鞋，姿態悠然，一切視作等閒，信心十足。

片刻行李來了，再無懼色，好大的一隻箱子，她熟練地彎腰兩手齊齊抽起，嘭一聲放手推車上，看見有人向她呆視，居然活潑地擠擠眼。

連忙向她豎起大拇指，好好，好好好。

再一件行李轉出來，少女又以同樣不費吹灰之力的手法取到手，笑一笑，推着小車，愉快離去。

時代女性原應如此。

盼望異性挽化妝箱，抱怨同性小心眼，扭扭捏捏的歲月終於一去不返。六十年代成長的女性幾經轉折，才滄桑痛苦地承認獨立是唯一道路真理生命。

後天學習得再好，有時也覺迷惘，偶爾會露出馬腳，故艷羨真正沒有包袱的新女性。

# 地

連年輕女孩子都說：買房子要買有地皮的那種。

北美洲居民簡直愛上了土地。

思想略受存在主義影響的都會人大惑不解，要那麼大塊地來做什麼，你看野地裏的百合花，它不種也不收，可是所羅門王最繁華的時候，裝飾還不如它。

同本地薑談起來，始知來龍去脈，原來他們的祖先都是歐洲的佃農，一輩子替地主打工，辛勞一整年，繳了田租，所餘無幾。

遷徙到新大陸，老脾氣改不過來，便渴望擁有土地。

但凡一樣東西，需求高，價格自然上升，轉手間一定有盈利，故此搶購土地之風，盛行百餘年。

大地孕育萬物，美麗的花卉蔬果穀類統統自泥土種出來，到最後，塵歸於塵，土歸於土。

自有一股神秘的力量，那樣不動聲色，又具那樣的大能，大地母親令人敬畏。

華人長久流離，心理上需要抓住一些什麼，稍有餘力，便想擁有土地。

它跑不了，永遠在那裏，忠誠可靠，永久保值。

# 榮辱不計

雖然飽遭白眼諷嘲，依然故我，不退縮，亦不動氣，照樣過日子。

旁人十分難過：這樣都看不出來聽不出來，笨得可憐。

笨？都是社會大學的博士，哪有人肯無端端吃虧。

那個地方，那個圈子裏，當然還有他想得到的東西，才會榮辱不計，權且委屈一陣子，大智若愚不幸被誤會為笨鈍。

他管人怎麼看他哩，不相干的人統是步步晉升的台階，有一日目的達到，揚眉吐氣。

這何嘗不是一種志氣，比起動輒拂袖而去，高出若干招數。事後，也絕對不提當年誰讓他吃過苦，受過氣，見了面照樣嘻嘻哈哈，不露一點蛛絲馬跡。

都過去了，還提來做什麼，索性當沒有發生過。次一等的，決不肯這樣，當其時必定四處訴苦抱怨，稍露頭角，又來不及報復挑戰。

這樣叫聰明，普天下的打手同爛頭蟀都聰明伶俐得不得了。

# 補蒼天

科學家最新研究顯示，在南極臭氧孔洞以外，部份保護地球的臭氧層也在神秘消失。

現在還沒有人知道臭氧消失的原因，臭氧是氧氣的一種形式，在高空大氣層中，則是防止引致皮膚癌的紫外線侵入人體的防護盾。

科學家認為臭氧耗損是由某種化學反應引起，故此要減少氟氯碳化物的產生，相信這是臭氧受到破壞的主要原因。

真令人擔心。

不設法補救，後果堪虞。

一說到這個補字，不由人不想起中國人一直相信的神話傳說：女媧煉石補蒼天。

地球上文明曾經瀕臨毀滅？女媧氏很可能就是外太空飛來的偉大科學家？他已試圖去補過南極上空的臭氧洞？

後來，經過藝術加工，故事就變成女媧煉石補青天。

在小說家筆下，女媧氏煉石補天之時，於大荒山，無稽崖，煉成高經十二丈，方經廿四丈頑石三萬六千五百零一塊。

沒想到寓言在廿一世紀極之有可能實現。

# 研究

每逢雜誌停刊，總有人不甘心，一直研究原因。

什麼事到了大作家那裏，都可以化繁為簡，他說：「沒人看，便關門。」

把事情說得稍微複雜文藝一點，也可以這樣講：一小撮人的標準，同社會的標準早已脫節，偏偏還想用他們的標準去影響群眾的標準，所以失敗。

其實脫節是不要緊的，社會步伐一向古怪緊張，許多人不是跟不上，而是不願意盲目跟隨。

他們自有一套，照樣生活得不亦樂乎，不知多舒泰自在。

壞是壞在脫節而不自知，企圖以落伍步伐去影響大眾，希冀獲得回應，以為手持神笛，讀者會得紛紛追隨。

這樣，失望似乎難免。

違背群眾的意願，也是可以的，孤芳自賞，乃一些人高貴的選擇，不知道多瀟灑。

當然要付出代價囉，站得那麼高，非要有人不知而不慍的量度，乏人問津，切莫生氣。

魚與熊掌，甚難兼得。

不必研究本市的文化是否一個沙漠或是一個雜架攤了。

# 跌眼鏡

當然也是粵語，嘲笑有人眼光欠佳欠準：「第八場第三號馬結果跑不出來，閣下跌了眼鏡了」，誇張一點用：「誰會曉得事情有這種結局，通通彌敦道都掉滿了眼鏡。」

實牙實齒，為人作保，日後揭盅，買小開大、買大開小，便是跌眼鏡。

此事可大可小，眼光失準，影響到一個人腦筋不靈，缺乏遠見及智慧。若是江湖客，倒還罷了，這種人講過的話全部作數，那還得了，不過是逢場作興，或為博取些微利益。

殷實人士，德高望重，作保山之前，似乎就該詳加思考：真的嗎，真有您說的那麼好嗎？

掉眼鏡可不是開玩笑的事，日後多少人感慨地說：「奇是奇在連才華蓋世的某君都看不穿這個西洋鏡，亦曾參與黑白講，引致多少誤會。」

太叫人失望。

眼光作賭注，輸不起，故兇霸霸警告友人：汝若叫我跌眼鏡，必取汝性命。

每一個讀者都是寫作人的保山，必不可令他們失望，切記切記。

# 五十年代

五十年代的香港有什麼？已經是一個非常非常有潛質的城市。

繁華雖然不能同今日比，但浪漫悠逸氣氛卻令人懷念，殖民地味道較濃，十分崇洋，彼時，一般學生英語水準，說真的，要比今日高出若干級。

五十年代的好去處有告羅士打，有惠羅，有淺水灣，有雍雅山房，呀還有永恆的沙田酒店。

看電影有尤敏有林翠有葉楓，那時，港大生走出來，還真是有那個味道，時興開紅色小跑車，女孩子們穿小腰身的大蓬裙、梳馬尾巴，光搽鮮紅嘴唇，男生在門口一等就是一小時。

香港人口只百多萬，黃金二三百元一両，銅鑼灣剛剛開始填海，小小原子粒無線電才發明，可口可樂只有小瓶裝。

打韓戰，出入口生意頗發達，塑膠業開始蓬勃，廿支裝美國香煙八角錢一包，官立小學每月收五塊錢學費，不過，中文大學要待六三年才成立。

唉，真是言情小說的好背景，可憐寫了昨天，就來不及寫今天，快，真的要快馬加鞭，幾篇一道寫。

# 六十年代

同文寫六十年代明報趣事，自覺也有資格添一筆。

彼時全男班，統不必穿上衣辦公，一見新進女記者入內，嘩，尷尬至死，全體搶襯衫披上，蔚為奇觀。

薪水二百六十元，寫一段專欄，對，就叫衣莎貝專欄，每日七元千字，簡直算鉅款，立即吃用不愁。

報館中午包一頓膳食，晚上幫忙聽澳門賽狗結果，還有若干津貼可拿。

最與眾不同的是，報館內文化氣氛自然而然似特別濃厚，連辦公室助理在餘閒時都下圍棋作樂。

奇怪，真的不是不快樂的。

一日講起往事，十分沉醉：「一點壓力也沒有。」隔壁傳來小小聲音：「有呀，我有壓力。」原來是老闆心聲，可見什麼都要付代價。

還記得上工那一日，緊記是灣仔大三元後面的謝斐道。放工到附近大排檔吃宵夜，豬紅粥、牛脷酥。

是那種給予機會自由發揮絕不阻撓的作風培養出無數人才，個人的經驗是愛怎麼寫就怎麼寫，寫壞了不要緊，再寫一次好了，終於會進步。

那樣的流金歲月。

少年子弟江湖老。

# 真氣足

出來做事，大抵上只有兩種態度，一：檢討自我，二：檢討他人。

懶人比較喜歡檢討自己，方便得多，知己者莫若我，一看行家去勢凌厲，成績斐然，立刻問自己，有無可能效顰。

做得到，馬上跟風，青出於藍，做不到，不用吭聲，依然故我。

人人都有後花園，默默耕耘，善哉善哉。

檢討他人，需要費很大的勁，一個人的時間用在哪裏是看得見的，誰在招搖撞騙，誰貨銀不兑，誰無德無行，就算資料搜集豐富得足夠寫成論文，自己的田園將蕪，也是極端划不來的一件事。

這樣熱心，似乎沒有必要。

強烈探照燈不如照照自家園地，什麼地方應當除草，什麼地方可以播種，隔壁人家幹些什麼，那誠然是人家的自由。

英格蘭法律崇尚 live and let live，實在是一種極端有修養的表現。

管誰出動飛機大炮坦克車。

我自一口真氣足。

# 請下班

太多不肯下班的人了。

不論在什麼時候對什麼人，三言兩語之後，就講起辦公室的煩惱來，滔滔不絕，不肯下班，朝九晚五猶感不足，非把整份工作搬到家中，摟住吃、喝、睡不可。

唉，請控制情緒，下班了也就是下班了，明日的憂慮自有明日當，即使是托住地球的希臘大力神愛特拉斯，也還有辦法找到替身去鬆一鬆。

誰會一柱擎天呢，辦公時間做好工夫，一下班，不如丟腦後，說些風花雪月。

從來在聚會時都未曾聽過大作家談寫作苦樂，真正專業人士，工作一定遊刃有餘，才不會造成任何負擔。

苦水吐之不盡者請考慮轉行。

人情淡薄，閣下天大的苦處，人家未必願意感動，閣下精忠報國的職位，在旁人眼中，不過牛工一份，稀疏平常。

下了班，相見歡，說笑不如圍繞在大夥都有興趣的題目上，那樣，明天才會更好，朋友才會更多。

離開寫字樓，立刻下班，拿得起，放得下。

# 批評家

有人的觀感如此：「有些六十年代的流行作者，現在已為讀者唾棄。」

且莫管這些作者是誰，作品如風行整個六十年代，實已不枉此生。差不多十年的光陰，在那動盪的歲月，居然能夠得到讀者的垂青與愛護，還要怎麼樣，不用商榷，絕對是豐功偉績。

世上沒有讀者、影迷、戀人，老友會宣誓一生一世效忠他們的偶像，當找到更好的時候，自然掉頭而去。

只要的確紅過，受過歡迎，於願已足。

即使不曾燦爛，光度與熱度都不合理想，也不要緊，心愛的工作，心甘情願去做，當時已經盡力，也會得到滿足，對讀者欣賞與否這種不能控制之事，許應處之泰然。

流行一年，不壞不壞，流行十年，好極好極，自六十年代流行到九十年代甚或廿一世紀，更加理想，都是成績。

為什麼對他人的標準要設得那麼苛刻，非要流行一生一世不能算大作家，還有，即使有人屹立不倒，也一定是嘩眾取寵，妖言惑眾。

閣下除出批評，又為這文壇做過什麼。

# 得不到

假使你喜歡的題材是得不到的愛，那麼，看下列作品，一定淚若泉湧。

紅樓夢、人魚公主、咆哮山莊、書劍恩仇錄、亞黛與雨果故事……一直流行的老歌如田納西華爾茲、叫我如何不想他、七個寂寞日子，統統是描繪得不到的愛。

難以想像，曾經一度，人們有那麼浪漫的情懷，念念不忘，一日內至少把若干時間撥出來感情用事。

毫無疑問，真正奢侈。

此刻，抽出寶貴光陰欣賞前人的奈何天傷懷日寂寥時，已經是天字一號傻瓜。

迷煞愛情故事，可別小覷你愛我，我不愛你，我偏愛他，他卻又去愛她這調調，最最寫實，最最難寫，寫得好，讀者必定全體共鳴。

化作薔薇泡沫，化為蝴蝶，化為詩魂，仍然一次又一次隱隱約約回來，讀者能不痛哭失聲。

現代社會，只有交易，沒有浪漫，交易上吃虧了，便美其名曰失戀。

整個惆悵得不到的時代已經過去，並且學會說：得不到的，管它呢。

# 水滸紅樓

不看紅樓夢，怎麼寫小說？

已經看過三遍？可以再看三百遍，保證受用不盡。

所有人生中可以遭遇到的起承轉合、悲歡離合、無常無奈，統統可以在本書找到。

是最最好的師傅，全盤托出，毫不藏私，俗云：熟讀唐詩三百首，不會吟詩也會偷，說故事的人若不來背熟紅樓夢，暴殄天物。

一切人情世故，變變幻幻，都逃不過曹雪的一支筆，二十歲看有二十歲味道，三十歲看有三十歲感受，餘此類推。

有時讀某些小說，會莞爾，此君肯定未看過紅樓夢，難怪。

是一個真正的寶藏，買一套大字本，天天看一段，確有那麼好？絕不會做錯保山，否則人家如何流行到今天。

是寫作入門的第一課，閱後希望心境漸漸廣闊，姿態也許接着大方起來，可能再也不會小眉小眼鑽牛角尖。

木工師傅至今敬拜魯班，寫小說而不讀石頭記，真不知何去何從。

然後，可以看水滸。

# 耳朵麻辣

幼時受老師責備，一邊耳朵會得麻辣，發癢，竟日不退，嘟着嘴，淚盈於睫。

成年之後，聽到不愛聽的話，面子上當然沒有任何表情，左邊一隻耳朵卻尚未練得老皮老肉，自然而然，發起燙來。

最勁的一次，三天還沒有褪。

算是下意識抗議。

出來討生活，不怒復不言是好辦法，滿以為修養有進步，才怪，耳朵就出賣了人。

誰知道呢，可能我言我行亦令旁人頭皮發麻，故此君子之交淡如水，竟是越少接觸越好。

耳朵屬不隨意肌，很多時候，心裏倒是不介意某種話有什麼難聽，但是耳朵自作主張，不肯受罪，硬是燒得通紅，使人渾身不自在，離座。

真沒想到它仍然維持矜貴驕縱。

漸漸耳朵變成警示器：這種場合沒有意思，話不投機半句多，又難道還與他語無倫次地鬥狂妄乎，走為上着。

眼睛看到一些文字，視網膜簡直拒絕接收，彈回頭，耳朵也似獨自活了過來，不受世故控制。

# 定力

前輩在他報苦口婆心說，寫副刊文章不宜以正在發生中新聞作題材，他致力編撰副刊凡四十年，深知欲避免尷尬，必須慎擇題材。

因副刊必定早幾日發稿，刊出時新聞十九成為明日黃花，且可能牛頭不搭馬嘴。

他又說，副刊文章自可結合新聞性，但要等到新聞發展告一段落，然後才借題發揮未遲。

聽一聽，真是金石良言。

可是如今流行一窩蜂搶題材，不管三七廿一，寫了再說，表示作者義憤填膺，熱血熱情，反應敏捷，頭腦清醒。

有誰想冷靜一下，看個清楚，略作思考，整理資料，才發表意見，即有錯過熱鬧之虞，非常寂寞。

寫作，應作主動，選擇題材，切勿被題材選擇。

寫我們要寫的題材，而不是寫當其時人人在寫的題目，說你真正要說的話，無須人云亦云。

那當然需要一點意志力與定力，不然，怎麼寫這些年。

# 皇帝新衣

損友與衰友狂多，一直以來穿不成皇帝的新衣。

略高興些，便有人來潑冷水，作其痛心疾首狀：「你驕傲了你！」怎麼還輕狂得起來。

寫哪一張報紙都有人干涉，「小姐，不吃飯呀？」立刻有肯定的答案：「我養你。」

這年頭，誰耐煩平白無故的發表愚見給誰聽，有什麼好處，所以裸體者眾！還以為穿着最時髦新衣。

看到這種情形，真正難過，相識遍天下，竟沒有一個人肯走上前去說一句老實話。

友人擔心：要警惕呵，難保有一日不變成那樣。

才怪。

什麼樣的人同什麼樣的人做朋友，看完試片，夠膽同導演說：「這部戲死翹翹，裏頭包括一切票房毒藥」；讀完小說，又道：「不好看，還我書價」。受不了的就受不了，雖是惡性鼓勵，總比皇帝新衣好。

這等惡友劣友一旦對某作品有一句半句讚揚，可知必係真心。

幼受庭訓，兄弟們實在太能幹，永遠被擠在壁角，出來社會又專愛同能人結交，無一不勝我者，新衣情意結早遭磨滅。

# 口舌當心

話說得好聽點是一種藝術。

記者問著名小提琴手：「你這隻琴是史特拉底華利嗎？」

小提琴手笑答：「是，正是意大利二手貨。」

多麼幽默可愛，誰不知道當今世上只剩二百多隻史特拉底華利，每隻價值百萬美元。

不必細述了，留些餘地，額外大方。

話說得太滿，無以為繼。

先征服筲箕灣，方可出兵全世界，在工作方面來說，笨人出口，一味誇啦啦，有姿勢無實際，精人則出手，埋頭死做爛做。

不消千日，立刻見功。

業績可恥，無質無量，夫復何言。

話說得悅耳些，又不失身份，有百利而無一弊。

例一：「賢伉儷真恩愛。」答：「我們要求低。」

例二：「嘩，閣下竟出了七百本書。」答：「是質，不是量。」

都是事實，不見得妄自菲薄，也沒有真委屈了什麼人，何樂而不為。

也有不擅說話的人，乾脆不出去應酬。

自問吃開口飯者，口舌當心點，討人喜歡點，行起事來，事半功倍。

# 新一代

少年時不喜與上一代打交道，代溝、格格不入，非常不耐煩，總希望新一代冒出來，觀點角度比較接近，凡事可以有商有量。

日月如梭，光陰似箭，急急流年，滔滔逝水，忽爾一日，抬頭一看，統是年輕人的世界了。

一經接觸，發覺慘過舊時，以前恃着年輕，爭持不下，總還可以全身而退，今天，青年才智輩實事求是，根本無暇照顧任何人弱小心靈。

隨便舉個例，初生之犢好奇地問：「閣下寫五百字雜文需時多久？」據實答：「三十分鐘。」

「奇怪，」他說：「我來報館上班車程都不止一小時，為何不多寫？」大惑不解。

真想答：「那是因為你還年輕，坐在車裏，也可寫妥專欄。」千萬不要解釋閣下如何柔腸百結，動腦筋找題材，牽記截稿時間之類，婆婆媽媽，牽牽絆絆不作數，不計分。

此刻做了卡窿牌，不上不下，外頭不是前輩，就是小輩，身份尷尬，退讓退讓，唯唯諾諾，才能和平共處，合作愉快。

# 五十年前

五十年前就公開同性戀。

真會被人用石頭扔死，怎麼僥幸得以生存，確係一個謎。

而且社會也接受該項事實，處之泰然，當事人若沒有若干魅力，寸步難行。

不要說半個世紀以前，人們思想封建，二十年前，離婚還算觸犯天條呢，親者痛，仇者快，一定有什麼地方出了錯，不是麻瘋，就是天花，嘖嘖嘖嘖。

獨身也不行，費人猜疑，搬離父母家而獨居，身份更加曖昧，不生孩子？一定有毛病。

堪稱落後的黑暗時期，思想走先一步的人為着爭取個人自由不知吃盡多少鹹苦。

總算熬到九十年代，太陽忽然升起來，人們思想終於成熟，開始尊重他人的是私生活，若不，受譏笑的會是頑固族。

這樣漫長的一條路，幸虧越走越光明，當然，仍有無聊幼稚人會悄悄說：「她吖，一看見男人就撲過去」，但不妨不妨，看見女人撲過去都不妨。

完全是個人選擇。

毋須任何人認同。

# 幸運人生

電視台深夜播放英語片集，借一個小男孩流離顛沛的遭遇細述澳洲世紀初移民生活。

最令人感動的是，片名叫幸運人生。

幸運？是，一位醫生説的，每個健康的人，都是奇蹟，人體內有數億細胞，出毛病的機會極多，所以，平安無事，即當慶幸，應該珍惜。

如有實際難題，請盡量設法解決，切勿無病呻吟，最忌比上不足，成日悶悶不樂，為只為他人財產較多，名氣較響，環境較好。

且來讀此曲：展放愁眉，休爭閒氣，今日容顏，老於昨日，受用了一朝，一朝便宜，百歲光陰，七十者稀，急急流年，滔滔逝水。

生活中一些不幸苦難，有時，超乎我們想像，報上新聞版及社會版，天天均有報道。

幸福並非必然，得不到的，不要去管它囉。

親友過的，統統堪稱幸運人生，能在這塊福地生活數十年，豐衣足食，夫復何求。

最愛看到歡天喜地的大快活，工作時努力，玩耍時盡興，煩惱全丟腦後，這才不枉此生，毋須最富有最美麗最出名最高貴，但，要最健康。

# 衣食

老一輩藝人，講究「衣食」，衣食指工作態度，即不能失場，不可欺場，是藝人找生活的信譽。

對衣食抱不敬態度，他們稱之謂無衣食，敬業樂業，為之有衣食。

一位前輩說得好，出來做事，第一，要有健康的身體，第二，要有職業道德。

第三方論及才華。

競爭劇烈的資本主義社會謠傳人吃人，可能有少數實例，但是，一些人的失敗，卻肯定屬於刎頸自殺與人無尤。

工作態度放肆怪誕，作業水準日益下降，卻洋洋自得，揚言誠意無效，譏笑他人勤奮，就是自毀衣食。

妖風吹得最盛的時候，動輒還挑戰緊守崗位者有無資格瞻識跟風。

不需要聰明伶俐，都明白到此路沒有可能會通到羅馬。

一於不聞不問，埋頭苦幹，做好工夫，等待行運，絕不氣餒。

拒絕失場欺場。

# 懷才不遇

一位友人說得好：「新居可還舒服？我們生下來，原應入住白色堡壘，往下數，統統不作數，夫復何言。」

真的，誰都有懷才不遇之感。

來這世界一場，不自尊自大自高自傲，如何熬得下去，人人都抱某一程度的懷才不遇。

你問我？唉，作品未曾譯為七國文字，直銷七億餘冊，簡直就是為懷才不遇作現身說法。

這種心理無可厚非，表現得好，就是自信。

什麼叫懷才不遇，其實是付出與收入不相等。

可是必須要有付出，你我他在過去一年全體著書十二部，可是我的銷路不及你同他，那麼，或許還有資格賴一聲懷才不遇。

倘若閣下過去一年、三年、五年、十年什麼都沒有做，一個字也不肯寫，那麼，請勿繼續呻吟懷才不遇。

抽樣調查，一百個人，恐怕一百個都認為生活中犧牲多，得益少，有限溫存，無限辛酸，這有什麼稀奇，人之常情。

並不妨礙正常操作，不遇管不遇，稿子還是天天戰鬥性地交上去。

# 作者世界

若干年前的一日，到編輯部小坐，笑言雜文流行，老總轉過頭來，淡淡地答：「雜文？我看見的只是日記。」

真是當頭棒喝。

思索良久，決定把所有雜文專欄停下，直休息了四年。

請客，還是在外頭的好。

不是每一個人的家見得光，生活歸生活，專欄管專欄，何苦把自身之瘡癬疥癩，小家敗氣，都怨氣沖天地以野人獻曝姿態逼讀者接受。

親切是親切了，我們的事，讀者統統知道，自尊何在，彷彿是另外一個問題。

往日，天橋倔強江湖兒女尚能不畏強權，說一聲賣藝不賣身，沒想到二十世紀九十年代作者卻願意全盤奉獻浮生六記，其中又以閨房記樂最最刺激。

寫得遙遠、抽離一些漸漸變成個人意願，日記專家突然大路掉頭，也經過汗流浹背，輾轉反側的心理鬥爭歷程。

不能把昨天同什麼人吃飯，家裏新近裝修，買了哪幾件時裝，臉上長的疱熟了沒有告訴廣大讀者，誠然是寂寞孤苦的。

# The Lip

Lip：唇。

還記得讀書的時候，班中有一少年，名喚哈利，英俊活潑可愛，但是，愛吹牛愛胡調，一張嘴成日價説説説，説個不停。

同窗三載，遇上這一號人物，慘過梁祝，不到一個學期，大家聽都聽得累死，一致通過，替他取一個綽號，叫做 Harry The Lip。

哈利嘴唇，那是他渾身上下最突出之處，就像南美亞馬遜流域的若干土著，自幼用硬物把下唇撐大，成年後嘴唇似鴨嘴，誇張、滑稽、突兀，但是他們以此為美。

以嘴唇作文化，真是怪事，講得多做得少，統統是嘴唇一族。

雷聲大、雨點小，只聞樓梯響，不見人下來，一年兩年三年那樣直說下去，言過其行數百光年，漸漸不能自圓其說，然而衣帶雖寬終身不悔，佩服佩服。

獨出一張嘴，語不驚人誓不休，擅用言語與人較量，而不是工作成績。

只有本市這樣富庶的社會，才有資格供奉嘴唇族。

# 最佳對比

福爾摩斯與華生是最佳對比。

小時候，我們都希望做福爾摩斯：聰明、尖鋭、天才橫溢，揮灑自如，能人所不能者，把四周圍的親朋戚友統統映得如傻瓜一樣，叫他們全體拜服——救世主就是救世主，彌賽亞就是彌賽亞。

口頭禪是傲慢的「簡單得很，華生，簡單得很。」

成年之後，想法完全不一樣。

誰要鋒芒畢露地去賣弄他的聰明才智，讓他往前衝，努力去做炮灰好了。

華生才可愛呢，性格溫馴，懂得欣賞友儕的才華，卻又不與競爭，更加不去妒忌，永遠雍容地站在一旁支持福記，鼓勵福記。

豈非更加難得，我們都需要這樣的朋友。

福爾摩斯因為咄咄逼人，四處都是敵人，與莫里亞蒂教授的生死鬥，險些喪命，老好華生幾時都不會陷自己於不義。

今時今日，無論是夫妻、合夥人，或是老友，若相處愉快，其中一人必定是華生型。

太多福爾摩斯，天下大亂。

# 我之偶像

人真是分等級的吧。

且來看錢學森。

一九四七年，錢氏成為加州理工學院最年輕的終身教授，那年，他三十七歲，已被世界公認為力學界與應用數學界的權威。

他又是流體力學研究的開路人，是卓越的空氣動力學家，現代航空科學與火箭技術先驅，工程控制論的創始人。

一九五〇年，錢氏會見上司，說要回國服務，那名主管是美國海軍次長金格爾少將，大喊說：「不能讓他離開！無論到哪裏，他都值五個師！」

他還是走了。

一九六〇年，在錢學森領導下，第一枚國產短程導彈製造發射成功。

不知道什麼樣的因子、環境、教育，才能培育出這樣的天才。且是謙遜的，沉默的，溫和的。

傳說一次他到電影院看戲，坐在一個白人身邊，白人見支那人，一臉鄙夷，轉移到後排去坐，促使錢學森決定為國人服務，抬高國人地位。

# 鳴謝

沒有背景掙扎出身的人，走過的道路，一定迂迴。

披荊斬棘，筋疲力盡，汗如雨下的當兒，難免氣餒，武功精湛，也會歎一聲「偌大東京，竟沒有一個識寶刀的」，自信漸漸泡湯。

不禁躊躇，走不走下去呢，此路通不通，抑或苦海無邊，回頭是岸？當然心如刀割，黯然神傷。

不要說街外人對閣下沒有興趣，慢慢對自己都乏味起來，鬱鬱寡歡，言行偏激。

勢利社會，又一向免費贈送冷嘲熱諷，反面教育，不遺餘力，一定有人扮粵片歹角，吊着高射砲式香煙，雙眼長在額角頭，自喉頭嗤出聲來，「某某不知勝你多少！」

不要緊不要緊，天無絕人之路，幸有良朋知己，拔刀相助，堅決扒逆水投信心票：幹下去，做得好。

勇敢地在社會未曾欣賞這個人之前，率先捧場，對這樣的鼓勵，沒齒難忘。

也就是恩人了。

# 你別管我

寫作很多時要有大喊一聲 leave me alone 的勇氣。

絕不歡迎批評指教。

堅決不改，先娛己，後娛人，走自己要走的道路。

你總聽過兩爺孫騎驢進城的寓言吧，意見太多，不知何去何從。

小說尚在連載，忽爾有老總、讀者、好友來提寶貴意見：「不要悲劇收尾」、「加點刺激」、「風格漸改大不如前」……統統虛心接受，但必須依然故我，勇於抗命。

只寫本身喜歡寫的故事，若有共鳴，善哉善哉，如無，欣然認命。

若有人惋惜地表示「這一篇假如在此處轉個彎會更好」，馬上答聲對不起，小說不是集體創作，您老如有更好的寫法，請勿浪費，請親身下場表演。

切勿為他人劣稿眼冤，意見多多，浪費彈藥，請動筆糾正示範。

創作必須堅持某一程度之自說自話，自尊自大，加上自信，才可有若干作為。

你別管我，我不管他，各管各的，才會開花結果。

# 公眾尺度

同文寫得活龍活現：「一次某君叫紅女星把戲演好一點，她聽了很意外，她可能認為自己如此好戲，竟還有人叫她把戲演好，不禁愕然，但到底是聰明女，一看在場諸人都認同某君的話，便猜到那是公眾尺度，也就沉默不言。」

短短故事內每一個人都那麼可愛，叫讀者深深感動：某君愛人以德，直腸直肚，忠告女星，女星大紅大紫，聽了逆耳的忠言，不但不怒，即時領悟到有公眾尺度需要尊重，即刻明敏過人，虛心接受群眾意見。

旁聽者無一是害人的馬屁精，一於扣留皇帝新衣，附和實情，更應得獎。

最令人詫異的是此事竟然發生在黑暗的電影界，沒想到這個行業的工作者不但活潑聰明敏捷勇敢，還有正義感。

我們自備的軟尺，量起腰身來，永遠廿二吋，那簡直是一定的。

人貴自知，又云：知彼知己，百戰百勝，要有一點點心理準備，否則到公眾的尺取出來，才發覺腰大十圍，未免貽笑大方。

# 誇張

傳說中某機構薪水奇高，經理級年薪已屆三百餘萬，友人生性善良，居然願意接受這種傳言。

依此類推，高一級的總經理豈非要收五百萬，還有，東南亞總裁肯定超過八百萬。

薪水普遍提高自然是勞方喜訊，可是，到底有沒有可能呢。

一般行政人員頗有點聰明才智噱頭的，都會裏約有三十萬名，不少年年轉工，最終結局多數是創辦公共關係公司，賺錢假使真的如傳說中那麼容易，二十歲出道，四十歲可以退休矣。

中型機構，倘若十來名高級職員發薪水便近一億，一年要賺多少盈利？

曾經一度，廣告界薪水被傳得最高，相形之下，香港總督那有限收入津貼簡直可笑。接着，是傳播媒介，以致某老總鄭重聲明他從來沒收過五百萬年薪。

不是沒有，鳳毛麟角啦，我們也常聽説誰誰誰稿費至高，萬元千字，實際上篇篇收得到千元千字也已經可以頗舒服地過日子。

凡有小友問起香港是否人人年入百萬，都很坦白地答不知道，正如我不清楚副刊左鄰右里是否月支十萬一樣。

# 鬥嘴

移派與留派又開仗了。

彼此用十分難聽的言語羞辱對方，不走的自然痛責溜走的沒有道義、懦弱、卑鄙，那麼，移民人士又忙着辯稱華僑一向愛國……

真不知怎麼會吵得起來，走了就是走了，還理原居地什麼人在說什麼話？移民是私人意願，能力夠得到，則走之哉，何必解釋交代，笑罵大可由人，冷暖一貫自知，何必奢望他人附和同情。

不走也自有不走理由，大可乘人人走光之際把握機會大吃四方，何必同那些知難而退人士計較，走都走了，可能永遠回不來了，還指着他身後痛罵幹什麼。

道不同，不相為謀，原應各走各路，可是不知怎地，彼此看不入眼，漸漸成為眼中刺，欲拔之而後快。

其實今日移民容易得很，各國門戶開放，找個律師商量一下必有方法，除非真不想走，否則一定走得成，若真心願意留下，則求仁得仁，理應心平氣和。

已經走得遠遠，眼不見為淨，何用再理是非，無論遭受何等樣批評，均宜一笑置之，再願意生氣，真是活該。

走與留，都要適應新生活，還鬥嘴？

# 從簡

Y在他報上寫：「最怕東西多的窮人，最好家徒四壁，上面掛幾幅印象派真跡得了，一切從簡。」

立刻對號入座，舍下亦四大皆空，一件擺設也無，友人送花來，只得插在孩子的積木桶中，花瓶在何處？還在萊儷水晶店裏，一隻雕磨砂玫瑰花，另一隻刻舞蹈少女，均兩掌高，售價實在太貴，搬不到家裏。

也希望掛幾張畫，能力又一次遭滑鐵盧，只得貼上世界大地圖及孩子塗鴉。

一次A來舍下，事後十分困惑地同朋友說：「她好似隨時可以走路似，家裏空蕩蕩」，笑得我。

現在還是老樣子，屋內只得應用物，無裝飾品，每個月翻開新一期建築文摘艷羨一番作罷。

做到如此家徒四壁也不是容易，看過的報章雜誌要即刻扔掉，不收集任何東西，無嗜好，衣物穿舊捐出再買，真心認為三雙皮鞋已經足夠，以身作則，苦勸家人跟風……

我知道要的是什麼，置不起，我又知道不要什麼，毋須置。

長期維持簡潔，留出大量活動空間，萬一搬家，也方便得多。

# 營生

提到用男友錢，某女星只是嗤一聲，「嘩，予取予攜？那麼容易！」話已經說得如此明白，可見幹這一行確有難處，她還是翹楚、花魁，那些二三線人物更不用提了。

不知怎地，不少良家婦女始終悻悻地認為這類營生至風流快活，也難怪，隔行如隔山，總覺得鄰居的草地特別青蔥，又做一行怨一行，肯定自己最吃苦。

其實各行各業均不易為，都需要拿勇氣出來，在歡場中慣性兜轉那幾個大爺的品貌，連老太太看了都肉為之酸，腳為之軟，不由得替那些花容月貌的妙齡女擔心。

賺一票速速全身而退是全世界生存之道，把握機會，伺機而出，講妥條件，一手交貨，一手收錢……噫，這同我們與出版社交易的情況簡直一模一樣呢，可見所有貿易基本原則都是差不多。

鋌而走險，用來形容此類生涯，也就相當貼切，不需要很大的想像力，也可知道市場供過於求，人浮於事，失業率高企，故需要不住宣傳、促銷、推廣。

招牌做了出來，有口皆碑，自然財源廣進，除卻貨真價實，也要具商業頭腦，否則照樣血本無歸。

# 益人

閒談中，問震侄：「為什麼那麼多人不喜歡你那本雜誌？」伊笑嘻嘻心平氣和地答：「因為我沒有好處給人。」譯作粵語，即係冇嘢益人。

他解釋：「不比唱片公司，到處派廣告，還有，我不喜請客吃飯。」

不禁微笑，原來是沒有撥出時間精神來搞公共關係，不過，最主要的還是在太短時間內賺太多的錢享大大的名吧，態度再好，也會引起若干人心中不快。

小友曾經問，做這個行業可需和顏悅色，答曰不必，不故意害人已經足夠，你手上老拿着眾人覬覦的一塊糖，笑容再好，總有若干人想設法扳倒你。

身為天下至討厭陪酒陪飯的人之一，眼看許多行家打出友誼牌，甚至請客到夜總會，背後，還不是被白吃白玩的一幫人説長道短。

人心叵測，公關難搞，不如獨善其身，時時笑曰，省下的交際費足可買三架歐洲跑車。

據説，現在連演藝界都如此，當紅演員歌手連笑容都欠奉，不拍照就拒絕，不宣傳就缺席，毫無商量餘地。

這叫做賣藝不賣身。

# ××牌

我喜歡××牌汽車。

它的好處是，你不用十分去理它，它紮實、可靠、安全，性能超卓，一年只需檢查一次，如一個人絕不耍小性子，實事求是，主人要求，它瀟灑地做妥，一年四季，零下八度及三十五度，如常操作。

用過××牌汽車，已不作他想，已有一輛四驅車，決定再置一部二座位，聽說九七年，該廠會出產一部吉普車，也一早落訂。

有幼兒人家，車廂內部永遠似垃圾崗，餅乾屑、玩具、果汁盒、泥漿、紙巾，一團糟，一星期才清理一次，至於車身，用清水龍頭沖淨算數，從不打蠟。

難得的是，三年來光潔如新，別以為司機特別小心，有時看位欠準，刮辣辣一聲響，停下車來一看，發覺轆鈴磨在石壆上，如係旁車，不堪設想。

該車電腦控制之四驅性能，世界一流，零下到一公尺深都直開出去，上斜落斜，絕無困難，他車統統在路上打轉，我卻呼嘯而過。

車子最要緊是性能好，顏色款式，全不要緊，有孩子人家，安全第一。

為免煩惱，必用××牌。

# 同情心

人的同情心氾濫到不可收拾地步，就會覺得大不列顛太子太子妃也是可憐人物。

罷喲，這是天下至無聊一對男女，鎮日價為私情互相抖揚醜聞，有什麼值得同情。

她丈夫從來沒愛過她？許多有同樣遭遇的女子還得天天上班賺薪水，養活孩子呢，伊人雖然失意，周遊列國時一樣乘不列顛尼亞號，且由軍艦護航，倘若離婚，贍養費必然數目龐大，生活豪華等級恐怕只僅次遜皇愛德華八世。

竟同情起這等富貴閒人來，不外因為「呵原來他家也有醜聞」、「噫原來金錢權勢亦非萬能」，蟻民心理上得補償，英國小報銷路因此節節上升。

每一份工作都有危機，你我是趕截稿死線，警察是冒槍林彈雨之險，即使做保母，也必須把寶寶哄得破涕為笑，各有各難處，不如彼此同情。

沙皇羅曼諾夫二世弄得不好，全家在革命政府手中喪生，你說他與他的皇后與四女一子值不值得同情？

我比較同情世界上一般老弱病幼，至於查理斯溫莎賢伉儷努力演出的肥皂劇，則努力觀賞之。

# 惡人

現在好像流行寫作人送禮給讀者：玉照、贈閱、書籤以及其他各式禮品。

嘖嘖稱奇，在這個行業這麼久，從來沒送過任何東西給讀者，都是由讀者送禮物給我，真是神鬼怕惡人？歷年來讀者送的大禮包括讚美及批評信件，往往長達十多廿頁紙，還有手織毛衣、現金、書籍、絲巾、生日賀卡、照相機、畫冊、圖章石……

都擺在家裏，親友問起，均據實告之：「讀者送的」，我送過讀者什麼？連信都不大覆，專欄中也從無代郵，可是，大概從不脫稿，規矩地寫作也有分數吧，否則，早就得告老還鄉了。

多年前出版社曾勸我贈閱，嚴重警告曰：「絕無可能，你們若擅自將拙作贈閱，立即轉出版社」，別人如何，那是別人的自由。

不過希望不住收到讀者的禮物，最好加送金磚、鑽石、大屋、名車……各人想法不一樣，這是我的營生，我自有一套。

至於老闆、老總，什麼？要作者討好伊們？他們應禮賢下士才真，這年頭會寫中文買少見少，不對我們好，行嗎？

# 便服

所謂便服，也得有個褶兒，別離了譜才好。

最恨一種橡筋褲，粗看似芭蕾舞襪，稍厚，洗久了褪色縮水，緊緊繃在身上，由張敏或周慧敏穿起觀眾當然求之不得，可是貼在中年發福女士的臀與腿上，真是肉為之酸骨為之酥。

牛仔布襯衫與褲子可能是唯一可以接受的便服，起碼穿寬一個號碼，緊記勤換勤洗勤熨，比這個再便，就是睡衣睡袍，不適合見客。

男士們最可怕的便服，從前叫獵裝，好不容易等它銷聲匿跡，現又流行跑步裝，即棉織上衣加長褲，鬆泡泡，無固定尺寸那種，要多難看就多難看，漸漸滿街跑，眼睛受罪。

人要衣裝，出去見人，說什麼都該換套西裝，有裏有外，有鞋有襪，即使腰纏萬貫、才華蓋世，社交禮貌也不可少，敬人者人恆敬之。

中年人外出服一定要有裁剪尺寸，四號就是四號，三十八號就是三十八號，千萬不要穿麵粉袋，相信我，人們會真的以為你是一袋麵粉。

到八十歲都不能鬆懈，住到沙斯卡通也一般作風，絕不妥協。

# 極準

老總退休後忽爾成為看相算命測字專家，凡有飯局，就大顯神通，把在座諸位逗得不知多高興。

也有人來問：「準嗎」，總是這樣答：「以他多年辦報的才華，替貴寶號起一個名字，或是替府上看看風水，那是綽綽有餘」，人情練達即文章，聰明人加上豐富生活經驗，自有資格成為半仙。

不然在飯局該說些什麼呢，「公司裏有兩女一男與你作對」，放諸任何人都百分之一百準確，「你三年內可能離婚」，百分之八十五有機會發生，「你大腿內側有一粒痣」，人人身上都有痣……有什麼不好？總比講行家是非高尚得多，還有，又比談中國近代史愉快，準不準，實屬其次。

壓軸好戲是表現特異功能，封實的瓶子裏藥丸來去自若之類，信不信由你，變三兩百次，都不傷脾胃，何樂而不為，必定盡歡。

我也找他看過，都很準，有事與他商量，也都能得到很好的忠告。老總段數通常很高，即使不懂命理，也料事如神，隨時可以告訴寫作人別再嚕囌要加稿費，否則後果堪虞。

準得要命。

# 報喜

愚見是在報上寫專欄，某一個程度，要顧全讀者弱小心靈，盡可能，報喜不報憂，換句話說，我們的責任，在娛樂讀者，不是叫他們沮喪、悲哀、氣忿，或是害怕。

太過私人的不愉快事件，最好不要在副刊上說了又說，講完又講，人生不如意事常八九，專欄不是日記，毋須赤裸裸將生活中悲哀恐怖之不幸遭遇細細描繪。

讀者不是沒有同情心，而是作者不應在賺取稿費之餘順帶也把讀者的悲慟憐憫之心也一併刮走。

日久讀者會覺得看這個專欄簡直是活受罪：作者不知恁地天天抱怨鳥不語花不香人不善山水又惡，最終會放棄拜讀。

專欄文字好比電影，即使寫身邊瑣事，也必定要經過藝術加工，不然如何有資格支取稿費。

人間真有那麼多俊男美女？當然沒有，所以要到電影院去欣賞呀，專欄文字篇篇自言自語，有誰要看。

曾讀到一位仁兄長篇連載他治癌過程，慘不忍睹，被迫放棄。又看過主婦日記，天天買菜洗衣教孩子功課，悶死人不償命，也只得跳過不看。

情願閱社交專欄，熱鬧有趣嘛，要不，真有精湛獨到意見，又自不同。

# 細膩

「坐在漂亮的咖啡座，可以點一份英式下午茶。一忽兒，桌子上就擺滿輕瓷和銀器，一壺香茶，三截裁成條形的三明治，一件小蛋糕和兩個司空。三明治通常塗三種料子：番茄雞蛋沙拉、端拿魚和西洋火腿片；小蛋糕似精緻蠟雕，滿佈糖霜或酒心餡子，司空炙熱燙手，與奶油果醬一起上，果醬分草莓、黃莓等。奶油最講究，當然是黛文郡的特產。」

這樣真正細緻出自內心地溫柔的文字，又淺易純真，由西西寫來。

現時能夠有如此文字造詣的，也只得西同吳靄儀罷了，看官，文字越白越難，愈是描繪日常生活中最常見的人與事，則愈考功力，兜兜轉轉，無中生有，故弄玄虛，頭昏腦脹，有何難哉。

這等境界本是我追求，可惜日日周旋於油鹽醬醋以及經濟實惠，孩兒功課，距離越來越遠，徒呼嗬嗬，而終於也發覺資質有限，總而言之，差得遠矣。

那麼細膩的心，寫起愛情小說來，必定叫讀者盪氣迴腸，潸然淚下，不知為何躊躇至今。

像至愛孩子的人不敢生孩子一樣，這等責任，反而都落在粗人身上，可見世上不如意之事豈止八九。

# 奧比斯

奧比斯是拉丁文，意思是科學世界。

奧比斯眼科飛機醫院是那麼多慈善機構中給我印象至深的一個。

五年前，香港商人何英傑率先捐款七百萬美元購買新DC8型飛機作為飛行醫院，另外一位不願透露姓名的香港善心人亦捐出一百萬美元，這架飛行醫院可服務二十年以上。

奧比斯現在仍竭力募捐，宣傳中指出一百港元即可作為治癒一雙眼睛的經費。

正是，多多益善，少少不拘，香港的捐款佔全年經費一半強，沒有香港的支持，奧比斯無法飛行。

最近奧比斯醫療隊在北京逗留三個星期，在飛機內為五十人施行手術，使三百名以上中國醫生學到新技術，這是奧比斯第二十八次中國行動。

目前國內白內障個案估計有七百萬宗以上，每年只能處理二萬宗，不及積壓總數二巴仙。

視力是無價寶，千萬患者盼望重見光明，奧比斯醫生全屬義務眼科專家，義務機師獻出寶貴時間駕駛。

真正感人肺腑。

# 減價

在香港上班之際，總是貨色一上市便去選購，一則真的等着要用，二則有種迫切感，什麼都要爭，稍一遲疑，則慘過敗家。

辭工後整個人鬆弛下來，看到開會用套裝價錢越來越貴，慶幸已不用入貨。

四年前初抵溫埠，只見時裝店時常減價，好不奇怪，原來該年市道較差，故動輒半價清貨，而且北美四季分明，上一季衣物積壓過多，必要時甚至減到二三折。

近年新移民激增，消費力強大，買者天堂現象已漸漸減褪，去年還七折優惠，今年只得八折，好的尺碼花樣幾乎沽清，毋須經濟學家也知道市道已趨升。

習慣半價買好東西的人自然恍然若失，惆悵不已，想當年跑進添拔蘭鞋店，一看減後價，幾乎不信雙眼，這是香港三分一價錢！

自此之後，極少再買原價貨，從廚具到洗頭水，都待減價才說。

可以看得出好景漸漸不再，每季減價時間越推越遲，折扣一年比一年少，大家都抱怨挑不到什麼，又怪遊客實在太多。

# 扮別人

小女五歲，頗覺生活沉悶，喜找刺激，故扮別人，每朝起床，均宣佈曰：「我是謝詩敏」，「我是人魚公主艾莉奧」或「我是白雪」之類，用本名叫她，她不應，堅持是劇中人。到了下午：「你仍是仙德瑞拉嗎？」「不，我是妹妹」，做返本人，皆大歡喜。

沒有職業比寫作更為沉悶，幸虧可以扮別人，主角是誰就扮誰，他性格如何，該遭遇什麼奇怪的事，最後有否善終，都靠這一支筆。

扮完這個又扮另外一個，不亦樂乎。

即使寫雜文專欄，所展示的形象，也不一定是作者本人個性。文往往不如其人，文字大膽鮮活者，本人可能是好好先生；文字溫文爾雅者，本人也許深沉可怕，在某一個程度上，都在扮演別人。

喜模仿他人文字者，更永遠不能做回自身，注定終身漂泊。

秘訣是在工作完畢，迅速恢復原形。許多人一扮扮上了癮，面具除不下來，日常生活，也不再像一個真人，情不自禁，繼續演戲。

那真是可怕的。

# 演藝

老總這樣說：「寫作也似演藝，趁機會好的時候多寫幾段……」所有合情合理的話都是最悲愴的，弦外之音，不難明白。

不知怎地，一向比任何人都覺得生活逼人，吃過苦，嚇破了膽，早已向飛漲的物價以及雪片一般的賬單投降。

正是花開堪折直須折，莫待無花空折枝，只要不傷自尊，不妨礙家庭，均盡量做到。

少年時便從事這個行業，當年稿費每千字才六七元，認真搞笑，編輯部倚老賣老，操生殺大權，一直到七八十年代，因市場競爭激烈，撰稿人待遇方開始抬頭。

今日想起，能不感慨，真是，寫得也並不比今日差，同一個人，同一支筆，同一脾氣，卻幾乎無以為繼。

今時今日真是自由撰稿人的最佳歲月，可惜，享受良辰美景之餘，又略覺淒酸，會不會每當紅時便成灰，來日無多了。

像藝人一般，老生老旦出來票戲，解解悶，無所謂，若為柴為米，齣齣戲做佈景板，感覺便完全不同。老總因勸說：「不要笨，不要推稿，做多幾年，好好退休。」

# 交代

同文說，他不想寫太多，也不想改變作風，因為，他怕難以向後代交代。

真是一個奇怪的理由。

一般普通人凡事過得了自身那一關於願已足，而且，那一關也必定一年比一年易過，因為不再想故意難為自己。

文字自然不可誨淫誨盜，或是為某政權利用，甚至為某商品宣傳。

不過不要緊，寫作人若不知自律，編輯部定會請他走路，斷無一專欄作者可以長時期霸佔篇幅胡言妄語。

友人躊躇，「可是你看——」一直安慰他：「不怕不怕，天地有正氣，雖然賦流形。」

遲早會淘汰掉，因為報館每天要向公眾交代。

寫作人擔心要向讀者交代，向編者交代都不以為奇，一聽到老總電話，胃液即時驚惶地滾動，視為苦差，最希望與他們老死不相往來。

苦與樂，根本不會向任何人交代，亦無此必要，像所有工作一樣，目的不過是付出勞力，換取酬勞，應付生活。

像做公務員、教書、航海一樣，何必交代。

# 異能

特異功能的真與假根本是另外一個問題。

主要是表演的特技好不好看，把藥丸自一隻瓶子變到另外一隻瓶子去，或是自密封中的信封裏認字，有什麼看頭，又有何益處。

古時術士號稱能呼風喚雨，目的是解救旱災，有益民生，或是純娛樂，像偷天桃，煞是好看。

瀋陽湖中銀魚，揚言是呂洞賓撒一把木屑變成；還有，上海六篙薦的滷肉那麼好吃，是因為灶頭燒了鐵拐李的破席。

由此可知，特異功能總得有些實際用途才行，最好能夠幫孩子們讀書開竅，次一等則令觀眾嘖嘖稱奇。

曾經一度，在旺角上班，街邊偶有非法魚蝦蟹賭檔，莊家手法之快，匪夷所思，上鈎者眾，願賭服輸。

大型魔術表演，更是神乎其技，精彩絕倫，入場者目眩神馳，心服口服。

故此一直不明白，腋下認字有什麼好看，為什麼會令那麼多人着迷、震驚、宣揚。

真假並非大問題，信者得救，世上假的人與事很多，不必一一拆穿。

單調無味，真的也不捧場，假的更加難為情。

# 可是

可是，本欄是從來不寫時事的。

一版十個八個專欄，起碼有三五位作者專攻每日新聞，發揮意見，像鄧蓮如告退，便得到無數回響，各抒己見，百花齊放；又像鄧麗君辭世，亦意見紛紜，珠玉紛陳，往往四五人同寫一個題目。

因缺乏急智，遇事多數發獃，連六四這樣大事，一時間亦無反應，因未及時即刻表態，幾乎被熱心人士用毒箭射殺。

照說，吃過這樣大虧，應當學乖，現炒現賣，來它幾段，應應景，反正到了正月便寫拜年，到了九月便說重陽典故，有何難哉。

可是天性使然，這麼多年來，始終不想學寫時事，居然與編輯部相安無事。

慢一慢，給我一點時間，讓我把這件事好好看清楚，消化過程十分重要。

然後，才說說愚見，屆時才發覺，一切大多數不過是人之常情，太陽底下，本無新事。

不怕慢半拍？可是，我並不跟那支音樂跳舞，我坐在露天咖啡座看眾生相，人家跳舞，快或慢，也就與我無尤。

# 不累

小朋友行情走俏，多寫了兩段，覺得有點辛苦。

伊通過編輯，問我可覺得累。

頓時猙獰地笑，哈哈哈哈，不累不累，簡直不費吹灰之力。

你信不信？

近些年來，幾乎除出寫作，其他娛樂都已經犧牲掉，不知多久沒旅遊、看電影、組飯局，甚至是在電話裏聊天。

《明周》一千期紀念晚會也不克參加，寫一張條子向老總致歉：

「有些作者跳舞，有些作者寫作，請諒」，如果不累，怎麼會説這種賭氣話。

林夕問：「是什麼支撑着你？」

很老實簡單地回答：「稿費。」

對不起，並沒有愛上文藝創作，喜歡是喜歡的啦，可是頭腦清醒。當上班處理文件一樣，每天做通，日日清，不拖不欠，也不要鬧無謂情緒，不會太困難。

也切勿玩政治，搞遊戲，只是寫便可，悠然自得，壓力減至最低。不會比天天出外交際應酬更累。

# 再見珍重

副刊改版，起碼十個八個專欄同時向讀者告別，再見珍重等句，此起彼落，熱情的讀者，幾乎潸然淚下，說要把該頁副刊收藏，留作紀念。

涼薄的人讀了只覺好笑，寫專欄，不過是一份工作，做的時候做好它，走的時候何用依依不捨，開工何須開場白，辭工又何用告別篇。

說句老實話，讀者們要是早點捧場，那些專欄又何嘗會得結束，平日都去看別人大作，到冷板專欄完結，又覺可惜，像不像貓哭老鼠。

前一陣子某老報關門，嘩，人人哀悼，例牌一點共鳴也無，因在香港住了三十年，一日都未曾買過該報，根本不知它是張什麼樣報紙，素昧平生，無從説起。

專欄生存有賴讀者，報紙雜誌亦然，商業社會，任何行業得以立足，都靠捧場客，人數越多越好，人人勇於奉獻，則穩如泰山。

如何爭取讀者？誰知道，若有頭緒，早已發達，還天天在這裏寫寫寫呢。

只曉得這班大帝是天底下至難侍候的一班人，喜新厭舊，喜怒無常，要求苛刻，弄得不好，專欄立刻消失。

書名　永不永不　作者　亦舒

出版　天地圖書有限公司
香港黃竹坑道46號新興工業大廈11樓
電話：2528 3671　傳真：2865 2609

香港灣仔莊士敦道三十號地庫（門市部）
電話：2865 0708　傳真：2861 1541

設計及插圖　陳小娟

印刷　亨泰印刷有限公司
柴灣利眾街27號德景工業大廈十字樓
電話：2896 3687　傳真：2558 1902

發行　聯合新零售（香港）有限公司
香港新界荃灣德士古道220-248號
荃灣工業中心16樓
電話：2150 2100　傳真：2407 3062

出版日期　二〇二三年十一月／初版・香港

# 亦舒系列

222. 噓—— (長篇)
223. 她的二三事 (長篇)
224. 月是故鄉明 (散文)
225. 早上七八點鐘的太陽 (長篇)
226. 鄰居太太的情人 (長篇)
227. 如果你是安琪 (短篇)
228. 紫色平原 (長篇)
229. 我情願跳舞 (長篇)
230. 只是比較喜歡寫 (散文)
231. 電光幻影 (長篇)
232. 蓉島之春 (長篇)
233. 愛可以下載嗎 (短篇)
234. 雪肌 (長篇)
235. 特首小姐你早 (長篇)
236. 葡萄成熟的時候 (長篇)
237. 此一時也彼一時也 (散文)
238. 剪刀替針做媒人 (長篇)
239. 乒乓 (長篇)
240. 恨煞 (長篇)
241. 孿生 (長篇)
242. 漫長迂迴的路 (長篇)
243. 忘記他 (短篇)
244. 愛情只是古老傳説 (長篇)
245. 迷藏 (長篇)
246. 靈心 (長篇)
247. 大君 (長篇)
248. 眾裏尋他 (長篇)
249. 吻所有女孩 (長篇)
250. 尚未打烊 (散文)
251. 一個複雜故事 (長篇)
252. 畫皮 (長篇)
253. 愛情慢慢殺死你 (長篇)
254. 你的素心 (長篇)
255. 地盡頭 (長篇)
256. 有時他們回家 (長篇)
257. 禁足 (長篇)
258. 謊容 (長篇)
259. 不二心 (散文)
260. 潔如新 (長篇)
261. 從前有一隻粉蝶 (長篇)
262. 三思樓 (長篇)
263. 四部曲 (長篇)
264. 德芬郡奶油 (長篇)
265. 君還記得我否 (長篇)
266. 少年不愁 (長篇)
267. 塔裏的六月 (長篇)
268. 佩鎗的茱麗葉 (長篇)
269. 世界換你微笑 (長篇)
270. 天堂一樣 (長篇)
271. 那一天，我對你説 (長篇)
272. 蜜糖只有你 (長篇)
273. 先吃甜品 (散文)
274. 掰 (長篇)
275. 我倆不是朋友 (長篇)
276. 外遇 (長篇)
277. 燦爛的美元 (長篇)

# 亦舒系列

278. 代尋失去時光 (長篇)
279. 實在平凡的奇異遭遇 (長篇)
280. 櫻唇 (長篇)
281. 陌生人的糖果 (長篇)
282. 藍襪子之旅 (長篇)
283. 女記者手記 (長篇)
284. 佳偶 (長篇)
285. 向前走，不回頭 (散文)
286. 紅杏與牆 (長篇)
287. 悠悠我心 (長篇)
288. 黑、白、許多灰 (長篇)
289. 無暇失戀 (散文精選)
290. 那男孩 (長篇)
291. 露水的世 (長篇)
292. 紅到幾時 (散文精選)
293. 有你，沒有你 (長篇)
294. 我哥 (散文精選)
295. 大宅 (長篇)
296. 幸運星 (長篇)
297. 微積分 (長篇)
298. 如果有，還未找到 (散文)
299. 某家的女兒 (長篇)
300. 衷心笑 (長篇)
301. 紅樓夢裏人 (散文精選)
302. 阿波羅的神壇 (長篇)
303. 不一樣的口紅 (長篇)
304. 新女孩 (長篇)
305. 森莎拉 (長篇)
306. 珍瓏 (長篇)
307. 這是戰爭 (長篇)
308. 寫作這回事 (散文精選)
309. 去年今日此門 (長篇)
310. 好好好 (長篇)
311. 結或不結　離或不離 (長篇)
312. 有限溫存 (長篇)
313. 就是喜歡 (散文精選)
314. 船屋 (長篇)
315. 第十一號羅蜜歐 (長篇)
316. 枉入紅塵若許年 (散文)
317. 青雲志 (長篇)
318. 無盡香檳 (長篇)
319. 仍未後悔 (長篇)
320. 針眼 (長篇)
321. 看庭前花開花落 (散文精選)
322. 他們這種人 (長篇)
323. 被捨棄的男子 (長篇)
324. 閒情拋卻 (散文)
325. 夏日最後敞篷紅色小跑車 (長篇)
326. 念初 (長篇)
327. 誰家園 (長篇)
328. 聽說前路風很大 (長篇)
329. 盡其本步 (散文)
330. 人呢 (長篇)
331. 明日佳期月圓 (長篇)
332. 賞心樂事 (長篇)
333. 永不永不 (散文)